麦家陪你读书

著

有爱篇

读书就是回家

江苏凤凰文艺出版社
JIANGSU PHOENIX LITERATURE AND
ART PUBLISHING

图书在版编目（CIP）数据

读书就是回家. 有爱篇 / 麦家陪你读书著. —— 南京：
江苏凤凰文艺出版社, 2020.10
ISBN 978-7-5594-5072-2

Ⅰ.①读… Ⅱ.①麦… Ⅲ.①文学评论 – 文集 Ⅳ.
①I06–53

中国版本图书馆CIP数据核字(2020)第153713号

读书就是回家　有爱篇

麦家陪你读书　著

责任编辑	李龙姣	
策划编辑	颜若寒	
装帧设计	仙　境	
出版发行	江苏凤凰文艺出版社	
	南京市中央路 165 号，邮编：210009	
网　址	http://www.jswenyi.com	
印　刷	唐山富达印务有限公司	
开　本	880 毫米 ×1230 毫米　1/32	
印　张	8	
字　数	180 千字	
版　次	2020 年 10 月第 1 版	
印　次	2020 年 10 月第 1 次印刷	
书　号	ISBN 978-7-5594-5072-2	
定　价	39.80 元	

江苏凤凰文艺版图书凡印刷、装订错误，可向出版社调换，联系电话025-83280257

编委会

序言

这几年，作为作家的我很惭愧，没有出一本书，小文章也发表得少，用"颗粒无收"来形容也不为过。当然，没收成并不说明我不在播种，我肯定在写的，只是写得慢，东西又偏大，一时收成不了。

我期待今年有好的收成。

我知道，作为作家，终归是要用作品说话，而不是这样——用话筒说。但这几年我好像也经常在用话筒说，学校、电视台、各种会议，太多了。我告诫自己：这不是你的田地，也不是你的擅长，应该引起警惕。是的，虽然"述而不作"也是一种选择，但不是我的，我希望"佳作迭出"。所以，面对"颗粒无收"，心底是内疚的，惭愧的。

我要安慰一下自己，作为作家，我首先是个读者，阅读是写作最好的准备，写作也是为了让更多人去阅读。从这个角度讲，我这些年其实是做了一件"大事"的。这件事是从过去的一些事中延伸、生长出来的，所以我得回到过去。

十五年前，在长达十几年的一个时间段里，我写的作品大部分在邮路上，写稿、投稿、退稿构成了我一个倒霉蛋命运的复杂的几何图案。我的第一部长篇《解密》曾被十七次退稿，前后折磨了我十一个年头。折磨是考验，也是锤炼，把我和我的作品磨得更加结实、锋利，有光芒。有一天当它问世后，过去缠绕我的种种晦气被它一扫而空。后来由于《暗算》电视剧和电影《风声》的爆红，更是让我锦上添花，时来运转的背后是实实在在的名和利，坦率说多得我盛不下。

　　也许是我心理素质差吧，也许是我心里本来有颗公德心，我总觉得文学让我得到的太多，我应该拿出一些还给文学，还给读者。于是，2013年我在杭州西溪湿地，创办了一个"麦家理想谷"的公共阅读空间，两百来平米，上万册书，沙发是软的，灯光是暖的，茶水、咖啡是免费的；还有个小房间，你需要也可以免费住——当然是爱文学的暂时落魄的年轻人，像写《解密》时的我。

　　总之，这儿——我的理想谷——没有消费，只要你爱书，爱文学，一切都是免费的。但同时我也是吝啬的，我不提供WiFi、电话，甚至我希望你进门关掉手机，至少是静音吧，免得打扰人读书。"读书就是回家"，这是我理想谷的口号，让你遇见更好的自己。我希望每一个来这里的人，都是为了读书，为了静心、安心、贴心，像回家一样。

　　开办四年来，因为有"免费"的特点，受到广大媒体人的关注、推广，影响越来越大，读者也越来越多，节假日有时一天多达近千人，来自祖国各地。我看到了它的价值，也发现了它的局限，就是：空间有限，距离受限。尤其是外地人，只能把它当作一个景点来看，其实是读不来书的。

去年 3 月，受一位吉林读者的建议，我决定把"理想谷"搬到网上。去年我就一直在做这件事，挑选、确定书目，找人解读、领读、配乐，然后挂到我的微信公号上，公号的名称就叫"麦家陪你读书"。

我有个宏大的计划，就是"100+1000+7+20"的计划。100 是指 100 位专业读书人，他们负责拆书、解书，化繁为简，提纲挈领，把一本书拆成 7 部分；1000 是指从理想谷现有上万册藏书中选出 1000 本古今中外的文学佳作，这工作主要由我负责；7 指的是 7 天，即一周读完一本书；20 是指 20 年，用 20 年时间，以"文字＋图像＋音频"的方式陪你读（听）完 1000 本书。我不知道最后能不能完全实现，但我在努力做，坚持做，希望能做完做好，也希望有更多人来分享。

我们现在经常讲中国经济要转型，其实我们的生活也要转型，要从物质层面转到精神层面上来。我们讲文化自信，弘扬民族精神，首先要从阅读开始，从书中去读懂我们民族的美，我们历史文化的博大精深；也读懂自己，什么样的生活才是美的，幸福的。毋庸置疑，今天我们并不是缺少可读的书，而是缺少读书的人；不是没时间读书，而是没习惯读书。我现在做的事情就是这样，陪人读书，希望有人在我陪伴下，养成读书的习惯。

说句心里话，我觉得陪人读书就是陪人成长，是一件积功德的事，所以虽然很烦琐，但还是乐在其中。其实我陪你成长，也是你陪我成长，成长是互相的，温暖也是互相的。虽然我的计划才开始实施，但我已收获满满的幸福，我的公号在短短半年多时间已经成了有六十多万爱书人的大家庭。多一个人因我的陪伴而多读了一本书，对我就是一份收获。从这方面讲，这些年我的收获真的不小！

我要再安慰一下自己，我可以少写一本书，世界不会因为我少写一本书而少一本书。但你不能少读一本书，你少读一本书，也许就少掉了一个与世界沟通、与自己沟通的渠道。世界很大，但书最大，因为书能让世界变小，让我们长大。我就是这么长大的，因为书，读书，走出了乡村，领略了世界的美，内心的深。走进书里，走进内心深处，我们终归会发现世界是美的，人是善的，全世界的黑暗也灭不掉一支烛光。

我现在每一天都过得比以前从未有的充实、曼妙，早上起来第一件事就是打开公号，在音乐和读书声中洗漱、吃早餐，晚上在分享读者的留言中安然入睡。那些留言像家人的叮咛、絮语一样温暖我，成了我最有效的安眠药——我一度天天要吃安眠药才能入睡，现在好了，是搂草打到兔子的喜悦。

这里我要特别感谢花梨女士，我公号的日常运行都由她牵头落实。在她日复一日、夜以继日的辛勤下，我像变成了孙悟空，分身有术，无所不能。据不完全统计，我的"分身"至少有八十九位，他们有个诗意浪漫的名字：荐书人。他们身处四面八方，又在同一个地方：书房。他们既有金的炽热，又有银的柔软；他们读书不倦，又善于读书；他们能把书读厚，也能读薄；他们在书中遇见了美好的自己，又把自己的美好奉献给他人。在此，我代表读者谢谢你们！正因你们的才华，你们的热情，你们的付出，才让我们的大家庭变得更大，更温柔敦厚，更朝气蓬勃。

最后，必须的，我要说：谢谢你们来陪我读书，读书的好处，不读书的人是不知道的，正如心怀理想的欢喜，没理想的人是不知道的。这世界，人是最有情有力有智有趣的，其次是一本书。此时此刻，我又听到诗人博尔赫斯在天上说：天堂的模样，就是图书室的模样，世上最迷人的香气，就是书香。

麦家

2018.2.17

据录音整理

目录

霍乱时期的爱情·爱情不会辜负痴情的人

『所有的爱情故事或许各不相同，但对于爱情的渴望每个人却始终如一。』

史上"无争议诺贝尔文学奖得主"、20世纪文学标杆马尔克斯的传世巨著，一段跨越半个多世纪的爱情史诗，穷尽了所有爱情的可能性。

Step 1

　　本书的作者加西亚·马尔克斯，是拉丁美洲魔幻现实主义文学的代表人物，他擅长将现实主义和幻想结合起来，以平静从容的口吻，无比优雅的语调，给读者讲述一个个残酷现实的故事。在他的叙述里，哥伦比亚乃至整个南美大陆的风云历史像一幅画卷，徐徐展开在读者面前。

　　马尔克斯大学时就读的专业是法律，后来因为哥伦比亚内战而中途辍学，从此进入记者行业，一边从事新闻报道，一边进行小说创作。记者的身份令他有机会看到哥伦比亚的整个社会现实，也让他更准确地感受到那个时代的社会氛围。所有这些宝贵的经历，后来都成为他小说创作的珍贵素材。

　　1982 年，五十五岁的马尔克斯获得诺贝尔文学奖，之后，他沉淀四年，打磨出了《霍乱时期的爱情》这部长篇小说。马尔克斯曾经表示，有两本书让他写完后，感觉整个人仿佛被掏空了，一本是《百年孤独》，另一本就是《霍乱时期的爱情》。然而与《百年孤独》的魔幻现实主义写法不同，这本书没有"魔幻"，也没有宏大的叙事，有的只是优雅平静的讲述，诉说着世间最朴实也最动人的情感——爱情。

　　《霍乱时期的爱情》讲述了一个爱情故事，而且是一个幸福的爱情故事。

年轻的电报员弗洛伦蒂诺·阿里萨对美丽的费尔明娜一见钟情，开始了猛烈的追求。然而在经历了三年的书信往来之后，费尔明娜最终还是拒绝了他，嫁给了家世显赫的医生胡维纳尔·乌尔比诺。

　　弗洛伦蒂诺的爱没有因此而熄灭。在无尽的等待和孤独中，他靠着对费尔明娜的爱熬过了五十年，在医生去世后，他迎来了第二次属于自己的机会。

　　五十年，美人已迟暮，英气风发的少年也被岁月缴了械，值得欣慰的是，跨越了半个世纪的爱恋到底修成了正果。

　　在谈到创作灵感时，马尔克斯说他是依据自己父母的爱情经历创作了这个故事。为了尽可能详细地了解父母的爱情故事，他经常回家和他们聊天，在有意无意中询问他们的恋爱和婚姻，但并没有透露自己想写这样一本书。

　　马尔克斯的父亲曾是个电报员，有一次，马尔克斯忽然急于知道一个技术上的问题，便打电话问他的父亲电台之间的联络方法叫什么，这一举动让老人察觉出了他的动机，却没有揭穿。

　　这样一段从青春年少一直延续到老的爱情，其中也必不可少地包含着人生的艰辛、困顿和痛楚，所幸到最后付出终有回报，爱情没有辜负痴情的人。这样的结局也是作者的用意所在。

　　马尔克斯说："大多数的爱情故事都是凄凉的，总是以悲剧收场……在我看来，快乐是目前已经不时兴的感情。但我要尝试把快乐重新推动起来，使之风行起来，成为人类的一个典范。"

　　所以，当我们在故事的最后，看到这对快乐的老人实现了"执子之手与子偕老"的爱情梦想时，也由衷地为他们的快乐而高兴。

然而作者的野心还不止于爱情。故事的背景被安排在 19 世纪 80 年代霍乱肆虐的一段时期，目的是在爱情之外，渗透那个时代激动人心的社会气氛和时代精神。为此，马尔克斯做了大量的研究工作，阅读了 19 世纪末的许多历史著作，以求在描述那些历史事件时做到真实和准确，为读者构建出一幅后殖民地时期的哥伦比亚社会图景。

从书中，我们可以真切地看到当时的哥伦比亚人是如何生活的，他们做着怎样的工作，穿什么样的衣服，喜欢什么样的花卉。同样，我们也会看到人们的生活中笼罩着贫穷、疾病、困苦的阴霾。

正是在这样的背景衬托之下，爱情显得尤为稀有和珍贵。

除了费尔明娜与弗洛伦蒂诺的爱情主线外，书中还讲述了各种各样的爱情故事。有为爱而死的爱情，婚姻之外的爱情，有露水姻缘，有一厢情愿，还有年龄差距几十年的老少之恋……毫不夸张地说，《霍乱时期的爱情》像一本爱情百科全书。马尔克斯不只讲述了一个老派的爱情故事，他还想穷尽人世间所有的爱情面貌。

Step 2

马尔克斯笔下的爱情故事，是从一场死亡开始的。

死去的是名流浪摄影师，以氯化金自杀。生前是乌尔比诺医生的挚友。八十岁的乌尔比诺怎么也想不明白，这样一个勇敢坚毅的男人怎么会忽然自杀。直到他读到死者留给他的一封遗书，迷雾才随之散开。

相识多年，医生从来不知道好友还有一个恋人。当他按着信里的信息找到那个女人的家时，才得知他们已经在一起数十年了，可是没有一个人知道他们的关系。

很早以前，摄影师就决定了自己死亡的日期。他曾说，衰老是种不体面的状态，所以要在这种状态到来前及时制止。作为他的恋人，这个女人选择尊重他的意愿。

乌尔比诺对此困惑不解，怎么会有人看着自己爱的人赴死而不向人求救。

那个女人却说："我太爱他了。"

因为爱他，她甘愿默默无闻地陪伴左右，没有名分，也没有家庭。因为爱他，她忍住失去爱人的痛苦，陪他完成了自己的人生选择。

这样的爱情，令乌尔比诺震惊，也令他深思。只不过命运没有给他太多回首往事的时间。摄影师死后没几天，和死亡对抗了一辈子的乌尔比诺医生，仿佛也听到了上帝的召唤一般，离开了人世。

就这样，故事刚刚拉开序幕，已经有两个人相继死去。然而正是在这样一种笼罩着死亡的悲伤气氛中，一段埋藏了半个世纪的爱恋也悄然浮出了水面。

医生的妻子费尔明娜·达萨，为他举办了庄重肃穆的葬礼。吊唁的人群中，一个穿着体面的老人久久不愿离去，一直等到客人们全都走光，他还站在空荡荡的客厅中央。

费尔明娜认出了眼前这个人，正要道谢时，老人开口说道："费尔明娜，这个机会我等了半个多世纪，就是为了能再一次向您重申，我对您永恒的忠诚和不渝的爱情。"

沉浸在丧夫之痛中的费尔明娜一时没有反应过来，她想这个老头肯定是疯了，竟敢在她丈夫尸骨未寒时就来亵渎她的家庭。她愤怒地将老人赶出门外："在你的有生之年，别让我再看到你！"

这个略显疯狂的老头叫弗洛伦蒂诺·阿里萨，是加勒比河运公司的董事长，但在他二十岁的时候，还只是邮电局的一个电报员。一天下午，他被派去给一个叫洛伦索·达萨的人送电报，准备离开时，偶然看到了坐在花园里读书的费尔明娜。

就是这无意的一瞥，弗洛伦蒂诺便彻底爱上了费尔明娜，并且再也没有停止过。

他每天坐在公园里的长椅上假装读诗，只为了等候这个女孩从身边走过。他给她写长长的信，里面全是甜言蜜语和对她的思念。在弗洛伦蒂诺热烈的爱情攻势下，情窦初开的费尔明娜被感动了。这样的热恋一直持续了两年。

得知了女儿恋情的洛伦索勃然大怒。作为一个目不识丁、靠贩卖骡子发家的商人，他一心期望自己的女儿能嫁入豪门。而弗洛伦蒂诺不过是个穷小子加私生子，洛伦索无论如何都不会允许自己经营半生的梦想毁在他手中。

可弗洛伦蒂诺的决心坚如磐石。洛伦索只得带着女儿远走他乡，开始了一段漫长而艰难的旅行。一年半后，洛伦索带着女儿回家了。弗洛伦蒂诺悄悄地尾随在费尔明娜的身后，期待着在她一回首时给她一个大大的惊喜。

然而转过身来的费尔明娜没有感到惊喜。她看着眼前这个面庞青紫、嘴唇僵硬的青年，难以相信竟是自己爱恋了三年的那个人。在那一瞬间，她感觉自己坠入了失望的深渊，三年来的浓情蜜意一下子全都化为了泡影。

当天下午，她便让女仆退还了弗洛伦蒂诺送给她的所有信件和礼物，还捎去一封信，里面只有一句话："今天，见到您时，我发现我们之间不过是一场幻觉。"

就这样，费尔明娜亲手断绝了他们之间的爱情。父亲的反对没有阻止她的爱，漫长的分离也没有让她的思念停止。但当心爱的人终于近在眼前时，她却忽然感到了一种幻灭。

也许，这就是爱情的残酷。开始时那般绚烂美丽，结束时却又如此令人措手不及。爱的时候，一辈子都不够用，不爱却只要一秒钟的时间。

Step 3

费尔明娜继续过着宁静的生活。她再也没跟弗洛伦蒂诺见过面，也不接受其他的追求者，直到患上了被误诊为霍乱的肠道感染，才让乌尔比诺医生进入了她的生活。

乌尔比诺二十八岁，出身高贵，还曾经在巴黎进修医学。在同辈之中，他俨然天之骄子，不仅知识渊博，而且仪表堂堂，风度翩翩。更为难得的是，学成归来的乌尔比诺，一回到故乡就投入到应对霍乱的事业中。在一次的霍乱暴发中，他的科学治疗和卫生管理发挥了作用，疫情很快得到了控制，人们对他的赞赏与崇拜也与日俱增。

这时一个医生朋友告诉他，有一个十八岁的女病人身上又出现了霍乱症状，那个病人就是费尔明娜。当乌尔比诺医生见到费尔明娜时，立刻对她一见倾心，坠入爱河。

作为一个学医的人，乌尔比诺不像弗洛伦蒂诺那般浪漫，他的追求是热情与理性的结合。他也给费尔明娜写信，但措辞温婉，简洁而得体。

他还懂得讨好费尔明娜的父亲，当然，以他的家世背景和学识才华，即使不做任何事也早已令洛伦索满意。

费尔明娜起初是拒绝的。她不讨厌乌尔比诺，但也没有喜欢到非他不嫁。更重要的是，她也不想让父亲的计谋得逞。然而表姐对医生的倾心让费尔明娜改变了主意。她本来就对医生不有好感，而且也已经到了该结婚的年龄，再拖下去，谁知道还能不能碰到一个像医生这么优秀的男人呢?

于是，当乌尔比诺医生再次向她求婚时，她立刻就答应了。

弗洛伦蒂诺听说了费尔明娜即将出嫁的消息，仿佛一下子掉进了无底深渊。对方是出身显赫、在欧洲接受过高等教育的医生，而自己不过是个没有前途的电报员，不仅工作卑微，家境贫穷，身上还背着一个私生子的名头。

其实，他的父亲也是赫赫有名的船王皮奥第五，还是加勒比河运公司的创办人之一。只不过皮奥第五从来就没有在法律上承认过他的存在。如今，皮奥第五已经去世，弗洛伦蒂诺和母亲相依为命。

看着自己的儿子在悲伤与绝望中沉沦，老母亲忍不住了，她跑去找皮奥第五的弟弟，求他把这个不被承认的侄儿安排到外地去工作。

母亲的恳求被应允了，弗洛伦蒂诺登上了远航的渡轮，开始了他人生中的第一次远行。等到轮船抵达目的地时，弗洛伦蒂诺也终于像泄了气的皮球一样病倒了。病愈之后恍若重生，他仿佛忽然想通了自己的人生，义无反顾地放弃了新工作，立即乘船返航。

他已打定主意，从今往后，永远不再离开有费尔明娜的城市。

回到家中的弗洛伦蒂诺像变了一个人似的，他蓄起了胡子，也不再去电报室上班，终日无所事事，躺在吊床上一遍又一遍地读着爱情小说。

就在这时，一个寡妇住进了他的家。寡妇来自一个叫拿撒勒的地方，因为战争爆发，房子被炮弹炸塌了，于是在惊慌失措中躲进了他的家。

二十八岁的寡妇生育过三个孩子，不仅身材没有走样，反而多了成熟女人的风韵。不出所料，弗洛伦蒂诺掉进了寡妇的温柔乡，两个人一拍即合，享受着身体的欢愉。

但他们并没有如母亲所设想的那样，发展成稳固的恋人关系。对于弗洛伦蒂诺来说，最大的收获是，他相信自己已经找到了治愈情伤的好办法，就是用一段爱情取代另一段爱情。

只不过，在他接下来长达五十年、多达六百多条的恋情记录里，能够称得上爱情的并不多。

费尔明娜结束长达两年的蜜月之旅后回来了。她变得更加美貌动人，对于富贵夫人的新角色也驾驭得游刃有余，而且已经有了六个月的身孕。

而看到这一幕的弗洛伦蒂诺再一次痛不欲生。他本以为自己的感情已经得到解放，以为自己已成功地将费尔明娜从心头抹去了。但此时此刻他才清楚地知道，一切都没有改变。他依然爱她如深海，也依然无法拥有她。因为在她面前，他觉得自己又丑又低贱，根本配不上她。

Step 4

在广场上看到已经怀孕的费尔明娜时，弗洛伦蒂诺感受到一种巨大的自卑，也就是从那时起，他下定了决心，要赢得名誉和财富以配得上她。

计划的第一步就是换一个更有前途的工作。这对于弗洛伦蒂诺并不是难事。他的亲生父亲和叔叔共同创办的加勒比河运公司，已成为当地首屈一指的河运企业。作为一个没有名分的私生子，他最终还是获得了叔叔的同情和认可，在河运公司谋得了一份书记员的职务。

进入公司后，他努力地工作，很快便和同事们打成一片，成功融入这个新环境。他的生活只剩下一个目标：重新赢得费尔明娜的芳心。他对这个目标充满信心，还特意让母亲把房子修缮一新，以便随时迎接费尔明娜的到来。

这种奇怪的信心并非全都没有依据。自从拿撒勒的寡妇之后，弗洛伦蒂诺又结识了数不清的寡妇。在和这些女人交往的过程中，他发现一个女人在丈夫死后会变得更加幸福。她们终于从日常琐碎中解脱出来，也终于获得了为自己而活的自由和权利。

所以，他相信等到费尔明娜也成为寡妇时，便会欣然接受他，就像过去那么多接受他的寡妇一样。他相信到那时，费尔明娜一定会发现一种从未有过的奇迹般的幸福。

与此同时，在这个城市的另一端，费尔明娜正在她的婚姻生活里，努力地成为那个她想成为的角色。只是生活并没有那么简单，世俗的好处只是一件华丽的袍子，在这袍子底下尽是恼人的虱子。

无忧无虑的蜜月期过后，从欧洲回来的费尔明娜发现，等待着她的是压抑到令人窒息的家庭生活。小姑子们个个愚昧，婆婆则更加愚昧陈腐，而且十分刻薄。

个性十足的费尔明娜选择了屈从和忍让。既是为了家庭的和睦，也是因为她那从巴黎留学回来的丈夫并没有站在她这边。

乌尔比诺医生虽然思想先进，又接受了新世界的教育，但骨子里却懦弱胆怯，根本不敢与家族礼教作对，对于妻子的恳求只得置若罔闻。

婚姻生活的头几年，就是在这种压抑苦闷的气氛中度过的。费尔明娜感觉自己被囚禁在一座坟墓里，还和一个没法指望的男人关在一起，直到六年以后，她才终于找到了逃脱的办法。

父亲洛伦索一直从事的都是些见不得人的生意，最终被驱逐出境。但父亲的房子留了下来，成了费尔明娜的避难所。一有空闲，她就迫不及待地逃出那座令人窒息的家庭宫殿，来到这座儿时生活的房子里稍作喘息。

这样的日子又过了几年，费尔明娜等来了一次更为彻底的解放：婆婆病故了。没多久，小姑子们也都住进了修道院，过起了隐居的生活。终于，费尔明娜成了真正的女主人，和她的丈夫以及一对儿女住进了一幢装饰一新的别墅。

生活终于向她张开了温柔的怀抱，她也渐渐步入了人生的成熟期。对于生活，她游刃有余，也对此心满意足。只是在偶尔回忆往昔时，一股隐隐的忧伤仍会浮现出来。因为她没能成为自己年轻时所憧憬的样子。相反，她变成了连自己都不敢承认的模样：雍容华贵，受人爱戴，实际上内心却胆怯而空虚。

她知道自己是这个幸福帝国的君主，但这个帝国是丈夫建造的，她所拥有的只不过是从丈夫那里租借来的。

说这些已经没有意义。岁月已悄然流逝，什么都无法改变。

此时的弗洛伦蒂诺也年过四十，在河运公司的地位扶摇直上。因为生活在同一个城市，费尔明娜有很多机会在公共场合见到弗洛伦蒂诺，每一次见到他，他的职位就上升一级，他势不可挡的干劲儿已经成为商界广为人知的话题。

费尔明娜不知道的是，弗洛伦蒂诺所做的这一切，都源自要重新得到她的决心。正是这一坚定刻骨的决心，令他不顾一切，所向披靡。

Step 5

随着身份和地位的提升，弗洛伦蒂诺有越来越多的机会见到费尔明娜了。虽然都是在公共场合，费尔明娜也总是挽着丈夫的手臂，但这已经足够了。只要能够看到她依然健康美丽地活着，弗洛伦蒂诺就有了继续支撑下去的勇气。

然而，费尔明娜失踪了。

没有谁知道她去哪儿了，发生了什么。各种各样的猜测传播开来，有人说她得了可怕的疾病，有人说看见她在一天夜里登上了开往巴拿马的远洋轮船。

费尔明娜究竟去了哪里，这个秘密只有乌尔比诺知道。她没有生病，也没有去巴拿马，而是回老家去了。她对儿女们说要去姨妈家调养三个月，实际上是打定主意再也不回来了。然而这一切，都源于一件令他自觉不光彩的丑闻。

中年夫妻的婚姻看起来幸福美满，岁月静好，实际上却是死水微澜。

事业成功、家庭美满的乌尔比诺医生，似乎已经没什么可追求的了，妻子美丽贤惠，一双儿女乖巧懂事，事业上的梦想也都一一实现。作为一名备受尊敬的医生，乌尔比诺对任何事都失去了激情，无论工作还是夫妻生活，似乎都成了例行公事。

直到那天芭芭拉·林奇走进了他的门诊室，乌尔比诺知道一件无法挽回的事在他的命运中发生了。他完全无力抗拒这个混血女子的魅力。

他默默记下所有有关她的信息，然后装作不经意地路过她家门前，以问诊为由前去探访她。从那以后，他每天下午都去芭芭拉家里，怀着无法自拔的激情。但没过多久，这激情就不再纯粹，里面加进了越来越重的罪恶感。他一边无比渴望能永远和芭芭拉在一起，一边又无比恐惧丑闻曝光会给他的声誉带来毁灭性的打击。

是费尔明娜自己发现了他们的奸情。医生不知道她是如何发现的，因为费尔明娜从来就不是一个多疑和善妒的人。她那么高傲，自尊心那么强，绝不会轻易听信传言或匿名告密。

但是那天下午，当费尔明娜打断了他的阅读，要求他看着她的脸时，他就确定事情已经败露了。乌尔比诺立马下定决心再也不去见芭芭拉了。那些相见恨晚、非你莫属的甜言蜜语，那些至死不渝的海誓山盟，一并付之东流。

可费尔明娜没有就此罢休，她躺在床上辗转反侧直到深夜两点，终于，她说出了那句话："我有权知道她是谁。"

乌尔比诺把一切都告诉了她，他本以为费尔明娜早就知道真相，只不过想确认一些细节，直到这时他才发现费尔明娜其实并不知情，她只是凭着女人敏锐的嗅觉感觉出了不正常。

费尔明娜天生嗅觉灵敏，而且她也很乐于运用这一天赋。她喜欢闻自己和家人脱下来的衣服。对她来说，一件衣服该不该送去清洗，不是看它脏了没有，而是从气味来判断的。而这嗅觉却为她的婚姻解开了背叛的真相。

那天，她照例闻了闻丈夫前一天换下来的衣服，顿时发现了不对劲，仿佛和自己同床共枕的是另外一个陌生男人。她闻遍了丈夫的每一件衣物，上面都有一种从未有过的陌生气味。当时她并没有说什么，像往常一样继续过日子，继续闻丈夫的衣服，只不过目的不再是为了判断是否应该清洗。

这种气味并不是每天都出现，有时一连好几天都没有，有时又会连续几天都出现。她还发现丈夫的言行举止也变得反常，说话常常闪烁其词，脾气也不如原来平和，更奇怪的是，连他信仰了一辈子的基督教仪式都不去参加了。

费尔明娜确定，丈夫一定是犯下了致命的罪过。得知事情真相后，费尔明娜暴怒无比。没过几天，她就带着随从登上了回老家的小船。

弗洛伦蒂诺再一次见到费尔明娜，已是她离开两年之后了。此时的弗洛伦蒂诺，已经被任命为公司的董事长兼总经理。

他已经完成了生活中所有能做和想做的事，到达了人生的巅峰。现在他唯一的目标就是健康地活着，直到得到费尔明娜的那一刻。

Step 6

费尔明娜和乌尔比诺共同生活了五十年。丈夫的出轨给她带来了巨大的伤害，但最终他们还是重归于好了。毕竟，在最后关头乌尔比诺还是选择了家庭，选择了费尔明娜。

生活依旧平淡地继续，他们依然争吵不断，也仍然要面对各种各样的考验，但最终还是到达了相濡以沫的彼岸，再没有什么能够破坏他们相守了一辈子的婚姻，也没什么能将他们分开，除了死亡。

医生的死对于费尔明娜来说是一个悲剧，可对弗洛伦蒂诺来说，却是个好消息，一个他等了五十一年的好消息。以至于他按捺不住内心的狂喜，在医生尸骨未寒之际，便登门去向费尔明娜表明心迹，结果被对方怒气冲冲地赶出了门外。

费尔明娜的确很生气，她气弗洛伦蒂诺不合时宜地表白，也气自己的心里竟然还想着这个人。葬礼结束的三个星期后，在一股无名邪火的驱使下，她终于忍不住给弗洛伦蒂诺写了一封信，在信中她倾泻了自己所有的愤怒和怨恨，也写下了守寡的孤独和迷茫。

弗洛伦蒂诺收到这封宣泄愤怒的信，立刻从萎靡不振的深渊里一跃而起。他把这封信从头到尾读了四遍，逐字推敲，不放过其中任何一个隐藏的含义。

他知道，希望之门已为他开启。而他已做好准备，带着前所未有的热情和斗志，来迎接这最后的考验。

计划的第一步，是给费尔明娜回信。

这一次，弗洛伦蒂诺选择了一种全新的方式来写信，他决定使用打字机，因为一封用打字机打出来的信，比手写的信件更有新意，也更正式，不会为费尔明娜的寡妇身份带来麻烦。

费尔明娜没有回信，但也没有把信退回。弗洛伦蒂诺知道没有退信就表示还有希望，他继续给她写信，从每星期一封，到每星期两封，再到一天一封。

一年过去了，费尔明娜仍然没有任何表示，弗洛伦蒂诺决定采取第二步行动。在乌尔比诺医生去世一周年的纪念弥撒上，他不请自来地出席了活动，以求获得和费尔明娜面对面的机会。

费尔明娜感谢他的到来，更感谢他一年来写给自己的那么多封信。那些信件陪伴她度过了最难熬的时期，帮她重获了精神的平静。

从费尔明娜那里得到了肯定的回应后，弗洛伦蒂诺有了信心，弥撒结束两个星期后，他开始了第三步计划：登门拜访。

第一次上门，还没来得及坐下交谈，他的肚子就不合时宜地闹起了毛病，情急之下只得慌忙离开，但临走前他没有忘记约定下一次见面的日期。两天后他再次如约前往，精神矍铄，肚子也安好。费尔明娜热情而不失礼数地招待了他。

这次拜访令弗洛伦蒂诺信心倍增，他知道自己可以再进一步。四天后的星期二下午，他没有事先通知又去了费尔明娜家。就这样，在每个星期二的下午五点，弗洛伦蒂诺都会带着精致的点心来找费尔明娜聊天，这一活动渐渐成为惯例，不必事先通知，只需例行前往。

很快，费尔明娜的儿子和儿媳也加入了进来，他们常常留下来一起玩纸牌。她的儿子很高兴看到弗洛伦蒂诺令自己母亲重新振作了起来。而她的女儿对于两个老人如此亲密的关系表示了强烈反对，她不相信男女之间有什么纯洁的友谊，对于迟暮之恋则更觉荒唐，甚至扬言要把弗洛伦蒂诺赶出去。

生性骄傲的费尔明娜被激怒了，她严厉地斥责女儿，并毫不客气地把她赶出了家门。

这次冲突令费尔明娜更清楚了自己的心意。"让那些多管闲事的人见鬼去吧！如果说我们这些寡妇有什么优势的话，那就是再也没有人能对我们发号施令了。"

现在，她是自己的主人。她要为自己而活。

她提出想出门旅行散心，而弗洛伦蒂诺马上提议坐船出游，费尔明娜接受了这个提议，和他一起登上了远航客轮。

旅行是爱情最好的催化剂。在轮船上共度了三个日夜后，费尔明娜彻底地接纳了弗洛伦蒂诺。随着轮船的行进，他们的关系愈加亲密。他们越过了如胶似漆的初恋阶段，也越过了漫长艰辛的夫妻生活，直接抵达爱情的核心。

费尔明娜自然地为他灌肠，洗假牙，而弗洛伦蒂诺则给她拔火罐消除背痛。两个人都未曾意识到，他们竟是如此的情投意合，仿佛已经在一起一辈子了。

Step 7

这曲爱情颂歌圆满落幕后，我们再来回顾一下故事里的主要人物，看看他们在爱情中的选择与坚守。

乌尔比诺

乌尔比诺医生是个矛盾的人。一方面，他思想前卫，尊重科学，一生致力于治病救人，他为这个陈腐落后的城市注入了新世界的活力。可另一方面，他又软弱保守，屈从传统，对于家庭的守旧和专制，一味妥协，不知反抗。

他和费尔明娜的很多争吵也都源自于此。生性自由的费尔明娜，难以忍受婆婆的保守与苛责，而作为丈夫的他要么装聋作哑，要么委曲求全。

"对于一对恩爱夫妻，最重要的不是幸福，而是稳定。"这是乌尔比诺医生的婚姻信条。从这句话中，我们也能看出，他是一个现实的人。对于他来说，现世安稳才是最重要的，个人的名誉和家族的荣耀胜过爱情。

向来冷静理智的医生，因为遇见一个女孩而不可救药地陷入了情难自已的境地。可对于这样一段感情，他又是害怕的。他承受不起丑闻败露给自己的名誉带来的打击，也没有勇气为这份感情努力争取。面对妻子的质问，他迅速地抹去所有爱过的痕迹，以一场痛哭流涕的忏悔换回了内心的平静。

站在维护婚姻的角度，他的浪子回头是值得肯定的。但如果站在爱情这边，他则显得懦弱而世俗。

费尔明娜

费尔明娜初见弗洛伦蒂诺时，才十几岁，情窦初开的少女，很快被弗洛伦蒂诺的才气和热情所打动，深深地沉浸在对方为自己营造的爱情迷雾中。

然而随着年岁增长，阅历也有所丰富，她见到了生活里可能的困苦，对爱情的浪漫幻想渐渐褪去。离别一年多再次见到弗洛伦蒂诺时，她如梦方醒般意识到自己已经不爱他了。

那么她爱乌尔比诺医生吗？答案是肯定的。只不过那种爱，是在细水长流的生活中沉淀下来的爱，是一种类似于亲情的感情。毕竟，当初她之所以选择嫁给医生，更多的是因为自己已到了嫁做人妇的年纪，而医生作为一个完美的结婚对象，恰好出现了。

像这个世界上许多的女人一样，结婚后的家庭生活几乎占据了费尔明娜全部的人生。而只有等到丈夫去世，家中只剩她一人时，她才有了完全属于自己的时间。正是在这些独自面对自己的日子里，她才发现在日复一日的日常琐碎里已经丢失了自己。

年轻的时候，她选择了世俗的婚姻，生儿育女，奉献一生。当人生迟暮，她只想为自己活一次。余生所剩不多，她要把自己找回来，把逝去的青春追回来。

所以我们也就不会奇怪,她会再度接受弗洛伦蒂诺的爱。她必然会接受弗洛伦蒂诺的爱。

弗洛伦蒂诺

弗洛伦蒂诺,是最不同寻常的一个人。他有着不同寻常的身世,也有着不同寻常的浪漫,更有不同寻常的耐心和毅力。

在遇见费尔明娜之前,他是个忧郁的文学青年,在爱上费尔明娜后,他成了一个疯狂的文学青年,把书里读到的浪漫全都化作了一封封写给她的情书。但费尔明娜最后还是拒绝了他。这场灾难性的爱情打击,彻底改变了他的人生。

他给自己树立了一个高不可及的目标:等到费尔明娜的丈夫死后,重新得到她的爱。

在这个漫长得看不到尽头的等待里,他努力开辟着自己的人生道路,从一文不名的电报员,一路爬到河运公司董事长兼总经理的位子,因为他要在那一天到来时,让自己的财富和名望能配得上心中的女神。

也许我们都很难像弗洛伦蒂诺那样,为爱痴守一生。也许我们也不会遇到这样一个人,怀着一份永不磨灭的爱情等待自己。但只要想到人世间的爱情,还有这样一种可能,也会感觉到一种温暖的希望。

故事的最后,轮船在河流上来回航行,找不到一个适合停靠的港口。当船长问这样来来回回究竟要走到什么时候,弗洛伦蒂诺的回答是:"一生一世。"

巴黎圣母院·在命运的旋涡里无人幸免

『当你凝视深渊的时候，深渊也在凝视你。』——尼采

不可不读的爱情经典，雨果用它征服世界！在人类文学史上，《巴黎圣母院》让美与丑、善与恶产生极端的碰撞，是震撼灵魂的命运交响曲，浪漫主义文学的至高代表！

Step 1

维克多·雨果是浪漫主义文学的代表作家，人道主义的代表人物，一生写过多部诗歌、小说、剧本、文艺评论和政论文章，在全世界都有着广泛的影响力，被人们称为"法兰西的莎士比亚"。

1802 年，雨果出生于法国的一个军官家庭，在学生时代，雨果就对文学产生了极大的兴趣，爱好文学创作。十六岁时就创作出卓越的诗句，二十一岁出版的诗集令他名声大噪。

《巴黎圣母院》是雨果的第一部长篇浪漫主义小说，当时的巴黎在复辟王朝统治下，宗教势力邪恶黑暗，封建制度残忍无道，社会底层人民处于水深火热之中。雨果创作出这部作品，借以反映社会现实。

在小说的序言中，雨果说他曾经去探索巴黎圣母院的时候，在钟塔幽暗的角落里，发现一个手刻的单词——命运。这两个字中所蕴含的悲惨和宿命，深深打动了雨果，他思索到底是怎样一个灵魂把这个痛苦的印记留在墙上。

在巴黎的市井街道中，在圣母院回荡着的钟声里，望着斑驳墙壁上的"命运"两个字，雨果构思出了一段惊心动魄又波澜壮阔的故事。在这个故事里，你将看到形形色色的人物登场，演绎一段段爱恨别离。

钟楼怪人加西莫多，出身不明，相貌奇丑，日夜在圣母院与钟声相伴。他的心灵困在一个畸形的躯壳里，只剩下佝偻的、陷入黑暗的灵魂。但是这样一个被众人唾弃、鄙夷的人，却有着世上最伟大的爱。他的爱，干净透亮，像是巴黎 3 月明媚的阳光，丑陋的皮囊下是世间最真挚崇高的善意。

有善就有恶，在这个故事中，也有一个罪恶的灵魂，他就是加西莫多的义父——副主教克洛德。一个钟爱科学、遵守教规的神父，因为爱上了一个女人而渐渐失去理智，扭曲灵魂。得不到所爱之人，就拼尽全力毁掉她，要么爱，要么死。

那个被恶魔也被天使爱着的女人就是波希米亚姑娘爱斯梅拉达，这个善良美丽的姑娘愿意救一个陌生人的性命而与他结婚，也愿意帮助一个曾经伤害过自己的人。但是却深陷在盲目的爱情中，直至丢失了自己的性命。

在这些形形色色的人物之间，你还将看见各种各样的爱，你能想象到的爱的模样，都容纳在这里。

队长弗比斯是逢场作戏的爱，他这样一个游戏人间的花花公子，根本不懂得什么是爱，只会喜新厌旧地玩弄和践踏感情。这样虚无苍白的灵魂，也不配拥有爱。

敲钟人加西莫多是甘愿付出的爱，我爱你就是付出一切来保护你、守护你。只要你幸福快乐，不再愁容满面，我甘愿忍受孤独和伤痛。我不需要一丁点的回报，只要站在身后默默注视你就好，你甚至不用看我一眼，也不用知道我的心意。

副主教克洛德是因爱生恨的爱，我爱你就一定要得到你、占有你，否则我的爱就滋生出无边的恨。当我的爱在仰望尔的时候，我的恨就在侵蚀自己。当这种恨超越了爱的时候，就是毁灭的时候。

原来一颗心有多少爱，就会有多少恶。

波希米亚姑娘是盲目偏执的爱，是一头扎进爱里，就不问世事。因为爱你，我可以抛弃一切去追随你，没有自尊，也没有自我。我甚至可以自欺欺人地忽视你的不爱，困在自己编织的美梦和臆想的天堂里。

还有一场感人至深的母爱，与女儿失散十五年的隐修女，日夜向上帝忏悔，无时无刻不在思念着孩子，终于与女儿相认后，她所有的疯狂转化为保护女儿的力量，谁也无法预料一个母亲的能量有多大。最后这个母亲为了保护孩子，也失去了自己的生命。

如果你问《巴黎圣母院》到底写了什么？

那是一个个挣扎在世间的灵魂，游走在爱与恨的边缘。有人纯白无瑕，有人肮脏不堪，有人坚守，有人堕落，罪恶的两端，是命运的捉弄，也是时代的悲剧。

Step 2

　　故事从 1842 年 1 月 6 日的早晨开始，巴黎街道人群熙攘，这是一个庆祝主显节和愚人节的日子。

　　在一片混乱中，哲学家甘果瓦创作的圣迹剧终于开演了，但是枯燥烦闷的演出根本吸引不了人。红衣主教和佛朗德勒使臣们的到来使观众的情绪激动起来，人们纷纷去观望教士和使臣，把圣迹剧抛在脑后。

　　这时愚人王的选举也开始了，每个人轮流怪笑，谁笑得最难看就当选愚人王。在所有容光焕发的丑怪面孔之后，最后出来了一个超乎人想象的面孔——四角形的鼻子，马蹄型的嘴巴，被一只大瘤遮住了的右眼，参差不齐的牙齿和粗糙的嘴巴，丑得难以形容。

　　他一出现，观众就异口同声地喊道："他是加西莫多，那个敲钟人！圣母院的驼子！独眼人！"

　　毫无疑问加西莫多当选了愚人王，所有人聚集起来簇拥着他开始游行。

　　这时司法宫已经空空如也，身无分文的甘果瓦无处可去，于是他打算到节日的中心去，去到格雷沃广场，至少可以取暖和混到一些晚饭。当他走到广场中央，发现篝火四周已经围满了人。

　　在篝火与人群之间的一块空地上，有一位姑娘在跳舞，周围所有人都目不转睛地盯着她，但是在这上千张脸孔之中，有一张脸比其他人更注意跳舞的姑娘，这张脸孔严肃、平静、阴冷。那人顶多三十五岁，秃着的头上只有几撮花白头发，深邃的眼睛里闪烁着狂热的热情。

少女跳完舞后又让她美丽的小山羊进行了表演。随后，姑娘开始用小鼓向观众收钱，各种银币像雨点一样落下来。

这时愚人王队伍走遍了所有街道后，带着火把和喧嚣来到了格雷沃广场。人群中忽然跳出一个男子，从加西莫多手中抢下了象征愚人王的手杖。又是那个秃头男人，甘果瓦立刻认出了他，这是他的老师克洛德·孚罗落副主教。

副主教掀掉了加西莫多的王冠，折断了他的手杖，撕破了他的道袍，而加西莫多只是低着头跪着。

人们想起要保卫他们的愚人王，于是都围着副主教叫嚷，加西莫多站到他跟前去开路，恶狠狠地看着攻击副主教的人，一路护送着这个秃头男子。

不知去往何处的甘果瓦决定冒险去跟踪那波希米亚姑娘。他跟着她走过狭巷、弄堂、十字路，最后迷失了方向，但是那姑娘好像走上了一条很熟悉的路。

当姑娘转过拐角看不见了的时候，甘果瓦听见一声尖锐的叫声。在黑暗中，他看见波希米亚姑娘正在两个男人间挣扎，其中一个就是加西莫多。

甘果瓦大声呼救着，加西莫多走过来把他抛到了几米开外的地方。

"快到那边去，把那个恶棍赶走！"忽然附近有个骑马的人急驰而来，那是国王的近卫队队长。他把姑娘从加西莫多的手臂里夺下，放在自己的马鞍上。当队长想去吻那姑娘的时候，她却从马上滑落下来逃走了。

跌昏了的甘果瓦渐渐恢复了知觉，才发现自己躺在一条阴沟里。他看见成群结队的人向长巷尽头的火光移动，于是甘果瓦跟着他们走过去。被人潮推动着，他来到了圣迹区。

对于突然闯进圣迹区的甘果瓦，乞丐们把他拉去见统领。不出所料，统领要把他处以绞刑，除非有哪位妇女愿意同他结婚。处于这样悲惨境地的甘果瓦，自然没有人愿意要他。

突然甘果瓦看见那位跳舞的波希米亚姑娘正向他走来。就这样，被折磨得半死不活的甘果瓦得救了。

不多久，甘果瓦就进入了一间温暖的房间，他问她："你为什么要我当你的丈夫呢？"

"难道应该让你被绞死吗？"

"那你并不愿意我当你的丈夫了？"

姑娘盯着他说："不愿意。"

甘果瓦满怀的爱意被泼了冷水，但他不是那种一定要得到爱情的人，更何况，现在他更愿意好好吃一顿晚餐。

随后，甘果瓦开始和姑娘探讨起友情和爱情，他问道："你知道友谊是怎么回事吗？"姑娘回答："那是像兄妹一般，两个相碰的但并不结合在一起的灵魂。"

"那爱情呢？"甘果瓦又问。

"爱情吗，是两个人合成一个，是一个男人和一个女人合成一个天使。"姑娘声音颤抖起来，眼睛光彩焕发，她想起了那位救她的弗比斯队长。

Step 3

由于企图绑架爱斯梅拉达、反抗近卫队队长弗比斯，加西莫多被带到格雷沃广场上处以鞭刑。

向来爱看热闹的巴黎群众纷纷向广场涌去，在广场边上有一个向上帝祷告和忏悔的小屋子，屋里住着一位隐修女。这位隐修女名叫巴格特，本是兰斯城一位美丽的姑娘，因为生计不得已成为妓女后，生下了一个可爱的女儿。

有一天，巴格特带着女儿去城外的埃及人那儿算命，得到女儿将来会成为一位皇后的好消息。可当第二天巴格特出门分享好消息后回到家时，却发现女儿不见了。她发了疯似的跑遍全城，可还是没有找到。回家时，听到屋里传来小孩啼哭的声音，可怜的母亲以为是她的孩子回来了，却发现床上躺着的是一个独眼、驼背、罗圈腿的怪物。

民众们跑去埃及人的住处时，只剩下灌木林里大火烧剩的东西，其中就有巴格特女儿的几条丝带。人们断定是埃及人在举行安息日会的时候，把那孩子吃掉了。

这可怕的事实让巴格特无法承受，第二天她的头发就白了，第三天就失踪了，人们都以为她死了。而她来到了巴黎，在向上帝祈祷和忏悔的屋子里，过着幽灵一样的生活，苍白、呆滞又阴森。

那个独眼的小怪物，在那时被主教大人送来巴黎，当作孤儿放在了圣母院的小木榻上。

而此时，广场上的加西莫多被行刑的人脱掉上衣，露出胸膛，捆绑在轮盘上。皮鞭疯狂地落在这个可怜人身上，一鞭又一鞭，发出水蛇般的嘶嘶声。

他蜷缩在绳索里，脸上一阵阵的惊惶和痛苦，渐渐地他闭上了眼睛，头垂到胸前，仿佛死去了似的。

这时他昨晚想抢走的那个波希米亚姑娘——爱斯梅拉达走了过来，将水温柔地举到他干裂的嘴边。

加西莫多干燥如焚的独眼里，滚出了一大颗眼泪，这是那不幸的人，生平第一次流出眼泪。

关于这个可怜的敲钟人加西莫多，还要先从那个副主教说起。

克洛德出生在一个中产家庭，当他还是一个孩子的时候，父亲就把他送到神学院去当修道士。他是一个认真严肃的孩子，学习很勤奋，领悟能力强。到了十八岁，他已经精通四门学科，对于这个年轻人来说，生活的唯一目标就是学习。

十九岁那年一场瘟疫夺走了克洛德父母的生命，而他的人生也发生了巨大的转折。他从学校的梦里回到了现实世界，他成了一个孤儿，还要抚养幼小的弟弟。

也正是因为这个弟弟，除了书本之外没有爱过任何人的克洛德，竟也有了甜蜜的人的感情。

后来的一天，克洛德路过圣母院的时候，发现了木榻上那个畸形惨状的小东西，那丑陋的相貌激起了他的怜悯之心，他决定把这个小东西抚养成人，给他取名为加西莫多。

后来克洛德当上了副主教，而加西莫多成了圣母院的敲钟人。

从此圣母院和加西莫多之间有了神秘的联结。圣母院就是他的家，他的故乡，他的宇宙。

加西莫多生来就独眼、驼背、罗圈腿，克洛德费了很大劲才教会他讲话，但是日复一日的钟声破坏了他的听觉，这个可怜人又成了聋子，从此他变得缄口不语。

从加西莫多在人间的第一次迈步，感受到的就是鄙弃、嘲笑、咒骂，他从周遭发现的只有憎恨，于是他也学会了憎恨。但也有一个人是在憎恨之外的，这个人便是克洛德。原因很简单，克洛德收养他，教育他长大成人。他对副主教就像一个最卑微的奴仆，最温顺的侍者。

现在的克洛德早已不是单纯的学生，不是一个孩子温和的保护人，他成了一位严厉阴沉的神父。至于弟弟小若望，哥哥指望他成为一个虔诚光荣的学生，而他却长成了懒惰、放荡、无知的小无赖。

克洛德在钟塔里给自己设置了一个小房间，谁都不能进去，他变得越来越严肃，经常低垂脑袋，紧锁眉毛，痛苦地叹气，仅有的那一撮头发也已经花白。

由于性格关系，也由于环境关系，他一向是远离女人的，现在似乎比以前更加憎恨女人了。他甚至恳请主教颁布了一道不许波希米亚妇女到广场跳舞的禁令。

Step 4

3 月初的一天，大教堂对面那座富丽堂皇的房屋阳台上，有几个漂亮姑娘正在谈笑嬉戏，那是孚勒尔和一些贵族小姐们。

紧连着阳台的房间里，在安乐椅上坐着一位五十多岁的妇女，这位是孚勒尔的母亲，正在与近卫队队长弗比斯交谈着。

弗比斯与孚勒尔已有了婚约，但是从那冷淡和不耐烦的表情来看，他心里根本没有一点儿爱情，只有满脸的厌烦和疲惫。

靠在阳台栏杆上望着广场的一个小女孩忽然喊道："看呀，那漂亮的跳舞姑娘又在跳舞了！"

未婚妻对弗比斯说："你之前从强盗手口救出了一个汶希米亚姑娘，你看看是不是这个跳舞的女孩？"

看见那只小山羊，弗比斯就认出了她。未婚妻让弗比斯把那姑娘叫到屋子里，弗比斯走到阳台边上喊道："小姑娘！"

爱斯梅拉达听见有人喊她，转过头来看见弗比斯，双颊像着了火一样绯红，她穿过人群，朝着那座房子走去。

小姐们发现小山羊的脖子上挂着一只绣花小荷包，便问道："这是什么呀？"

爱斯梅拉达说："这是我的秘密。"

趁着大家在交谈，一位小姐把小山羊领到屋角，把袋子里的东西通通倒在地上，这是一些刻在木板上的小字母。那只小山羊用蹄子把这些字母排成了一个名字——弗比斯。

惊呆了的小姐叫来了众人，爱斯梅拉达的秘密暴露了，她像个罪犯似的仓皇地逃走了。

副主教克洛德看着广场上那个跳舞的姑娘爱斯梅拉达，目光呆滞，又充满着烦恼与不安。忽然他发现姑娘周围有个男人，好像是她的伙伴。

克洛德愤怒地走到广场上，发现那个姑娘的伙伴竟然是他的学生甘果瓦。在他的一番打探之下，明白了两人只是名义上的夫妻，而那姑娘似乎心有所属，因为她总是低声念着"弗比斯"这个名字。

这天若望又来找克洛德要钱了，刚要完钱，若望就看见了弗比斯队长，于是一边喊着队长的名字一边邀请他去喝酒。克洛德一听见"弗比斯"这个名字，就偷偷地跟着他们。

从若望和弗比斯的谈话中，克洛德得知今晚弗比斯将会和爱斯梅拉达约会，从酒铺出来后，若望已经酩酊大醉，躺倒在路边，于是副主教继续跟着弗比斯一人。

弗比斯察觉出有个披着斗篷、戴着帽子的人影在跟踪他，这使他想起传言中的妖僧，突然那个人影伸出手来抓住弗比斯的胳膊，还喊了他的名字。

妖僧允诺给弗比斯一笔钱去付约会地点的租金，而弗比斯必须把这个妖僧藏在约会的房间里。

副主教在阴暗的陋室等了一刻钟后，爱斯梅拉达来了，此刻正与弗比斯依偎相坐。

沉默片刻，姑娘眸中含泪地问军官："你爱我吗？"

军官肯定的回答让天真的爱斯梅拉达彻底沦陷了，她就这样迷失了，甘愿抛弃名誉，丢弃自尊，也要和这个人相依。

　　忽然，爱斯梅拉达看见军官的身后出现了另一个人，正露出恶魔般的眼光，她认出这是副主教克洛德。连喊都来不及喊，她就看见克洛德举起尖刀插进了弗比斯的身子。

　　看着满是鲜血的场景，爱斯梅拉达晕了过去，当她恢复知觉的时候，已经被一群夜巡的军警围着，人们以为是她把军官刺死了。

　　甘果瓦已经一个多月没有看见爱斯梅拉达了。一天，他路过刑事监狱的时候，发现一群人围在司法宫门口，说是要审问一个刺杀了军官的女人。

　　此时正在审问一个重要的证人。证人说那天晚上，她的阁楼起初来了两个人，一个黑衣人和一个军官，她把他们领上楼后，那个黑衣人就消失了。后来又来了一位带着小山羊的漂亮姑娘，不多久楼上就传来一声大喊，紧接着那个黑衣人就逃走了，只剩下倒在血泊中的军官和昏迷的姑娘。

　　当被告站起来接受审问的时候，甘果瓦一眼就认出这正是爱斯梅拉达。

　　检察官认定是爱斯梅拉达串通黑衣人，一起刺杀了弗比斯，起初爱斯梅拉达不承认，但是她受不住严刑拷问，最后屈打成招了。于是她被判处在圣母院门前进行忏悔，再在绞刑台上被绞死。

Step 5

被判处绞刑的爱斯梅拉达被丢进了监狱的地牢里，这里低矮、黑暗，像地狱一般。一个悲惨的生命到了这里，就与一切希望隔绝了，等待她的就是死亡。

自从来了这里，她就分不清白天黑夜，分不清现实梦境，也不知道自己待在这个地狱多久了。某一天，一个男人站到了她面前，这个人浑身都裹在一件黑衣服里，幽灵一样地望着她。

克洛德把头巾拿掉，姑娘认出了这个阴森森的脸孔，这个长久跟随她的幽灵，这个刺杀了队长的恶魔。

爱斯梅拉达大哭起来："为什么你这么恨我，我对你做了什么，为什么！"

"我爱你！"恢复平静后，克洛德说出了连自己也不敢告诉自己的话。

一个神父，爱上了一个女人，他用自己灵魂里全部的力量去爱她，但是这个女人却爱着一个可恶的军官。他只能无望地辗转在爱情、嫉妒和失望中。

克洛德在地牢的水潭里打滚，把脑袋向石阶上撞去，他爬到姑娘面前说："我爱你，只要你愿意，我们可以逃走，我们找一个住所，彼此相爱。"

姑娘用可怕的笑声打断了他："看看吧，神父你的指甲里有血呢。"随即她又问道，"我的弗比斯怎么样了？"

"他死了！"克洛德叫喊起来。

爱斯梅拉达狂怒地向他扑去，让他滚开。神父慢慢爬上石阶，打开牢门出去了。

弗比斯并没有死去，当伤势好转后，他就溜回了自己的卫队。他感到自己在这次的案件中是个可笑的角色，于是根本不想出庭。当他的心灵感到空虚的时候，他又来到了未婚妻家。

在未婚妻家的阳台上，他看见了囚车上的爱斯梅拉达，她穿着衬衫，双手被绑在背后，眼神凄凉又呆滞。

囚车在教堂的门前停下来，爱斯梅拉达被带进里面忏悔。忏悔过后，她又被带上囚车，忽然她看见广场那边的阳台上，站着她的弗比斯，他还活着，一个漂亮的姑娘倚在他身边。

此时加西莫多正在圣母院的屋顶上注视着这一切，当刽子手要去执行最后那冷酷的命令时，加西莫多冲出来把爱斯梅立达救进了圣母院。教堂是避难的处所，人类的司法权无法蹿进它的门槛。

教堂里通常有一间小屋子收留那些避难的人，于是加西莫多把姑娘安置在避难的房间里。

刚才发生的所有事情，爱斯梅拉达都是在半睡半醒的状态，此刻她察觉有一双粗大的手在解开她胳膊上的绳子，她问加西莫多为什么要救她，但是加西莫多却跑开了。

不一会儿，加西莫多带了一包东西放到她脚前，是一件长袍和头巾。等她穿好衣服，加西莫多又带了食物和自己的床褥。

爱斯梅拉达问他为什么要救自己，加西莫多说自己曾经伤害了她，但是第二天她却在行刑台上给了他一口水。即使付出性命也报答不了那滴水和哪怕一丁点儿的同情心。他掏出一个小口哨递过去，告诉她，需要他的时候就吹口哨。

日子一天天过去，那些可怕的事情已经从爱斯梅拉达的心中消失，但是在遭受了这些打击后，她发现自己对弗比斯的爱越来越强烈。

这座教堂治愈了爱斯梅拉达，她又恢复了从前的性情，但是她仍然害怕加西莫多丑陋的模样。

而副主教克洛德在得知爱斯梅拉达并没有死的消息后，又陷入了无边的痛苦。他趴在玻璃窗上看那姑娘，他看见她和小山羊在一起，有时和加西莫多在一起，嫉妒又一次侵蚀了他的心。

一天晚上他偷偷溜进姑娘的房间，无礼地拥抱她亲吻她，姑娘大喊着救命，挣扎着吹响了加西莫多的那只哨子。几乎是一瞬间，克洛德被加西莫多举起来扔到了地上。

当加西莫多认出这个伤害姑娘的人是他的义父时，不禁浑身发抖，他在姑娘的门外跪下，对克洛德说，您先把我杀死吧。

克洛德把加西莫多踢倒在地，愤怒地回到了自己的房间。

Step 6

　　大理院下了一道命令，要求法庭三天后把爱斯梅拉达处以绞刑，圣迹区的乞丐、流浪汉们得知这一消息后，决定前去攻打圣母院，把她营救出来。

　　加西莫多以为这些凶恶的人是来抢走爱斯梅拉达的，于是当他们冲进教堂的时候，加西莫多誓死抵抗着。

　　在一片混乱之际，有两个人走进了爱斯梅拉达的房间，是甘果瓦和一个全身遮得严严实实的黑衣人。

　　甘果瓦对爱斯梅拉达说，他们是来救她的。虽然爱斯梅拉达对这个不明身份的黑衣人感到害怕，但是出于对甘果瓦的信任，就和他们一起逃出了圣母院。

　　他们坐上一只小船，一上岸，甘果瓦就带着小山羊溜走了，他觉得自己无法同时拯救爱斯梅拉达和小山羊，于是只能抱着对他更重要的小山羊先走了。

　　突然这个陌生人抓住了爱斯梅拉达的手，把她向格雷沃广场拖去。一直拖到广场中央的绞刑架下，这个黑衣人终于揭下了面巾，爱斯梅拉达一眼就认出他是那个副主教克洛德。

　　他用阴惨的声调说道："这里是格雷沃广场，是绞刑架下，大理院下了命令要把你绞死，我刚刚帮你逃脱了他们。我爱你，只要你愿意，我还可以再救你。"

爱斯梅拉达望着他说："绞刑架还没有你那样使我害怕。"

听了这话，副主教把脸埋在手里，爱斯梅拉达听见他在哭泣，这是他生平第一次哭泣。他这样哭了很久，一直在诉说自己的满腔愤恨，他乞求姑娘回答他一句。

爱斯梅拉达只说了一句："你是个凶手。"副主教疯狂地把她拽过来，恶狠狠地说："那么你去死吧。"他把姑娘拖到广场边的隐修女那里去，那个最记恨波希米亚姑娘的老妇人。

隐修女因为埃及女人曾偷走了她的孩子，所以对那些埃及人和波希米亚姑娘都深恶痛绝，她凶恶地抓住爱斯梅拉达，痛苦地叫喊着自己的悲苦经历。

她又拿出了当初女儿留下的那只小鞋子，看见那只小鞋子，爱斯梅拉达颤抖着打开她的荷包，也拿出了一只一模一样的小鞋。

原来爱斯梅拉达，正是隐修女当初失去的孩子。

但是刚刚相认，她的女儿就要被判处死刑，现在外面的大队人马都在搜捕这个死刑犯。这简直是命运的捉弄，她把女儿安置在房间的角落里，希望能逃过这一劫。

搜捕的人马来到了小屋前，可怜的母亲赶紧到窗口那儿挺身堵住。与那些军官周旋一阵后，他们终于走了。

爱斯梅拉达暂时安全了，但是她突然听见外面有弗比斯队长的声音。再次听见这个熟悉的声音，她不顾一切地扑到窗口上喊道："弗比斯，弗比斯。"

这下她彻底把自己暴露了，执行的队伍把她拖去了绞刑架，可怜的母亲不愿松开女儿，也被一起拖去了广场，最后在石板上撞死了。

加西莫多此刻正在满教堂地找寻爱斯梅拉达，他奔跑着，呼喊着，绝望、疯狂。这个可怜的聋子突然想起了克洛德，他猜测一定是克洛德把人劫持走了。他那么感激和尊敬这个义父，当愤怒和仇恨蔓延到他义父身上时，加西莫多无比的痛苦。

　　他找到克洛德，发现这个阴沉的人正站在钟塔上，盯着远处某个地方，一动也不动，好像灵魂出窍一般。加西莫多跟随着他的目光望去，看见了格雷沃广场上，刽子手正在把一个姑娘绑上绞刑架。

　　是他的爱斯梅拉达，他心爱的姑娘此刻正在被处以绞刑，这场景实在太可怕了。但是克洛德却发出了魔鬼般的笑声，加西莫多愤怒地朝他扑去，把这个恶魔推下了钟塔。

　　加西莫多看着刑台上的姑娘，又低头看着摔在钟塔下的副主教，从心底发出了一声呜咽："都是我爱过的人啊！"

　　加西莫多在爱斯梅拉达和克洛德死后，就从教堂里消失了，再也没有人见过他。爱斯梅拉达的尸体被扔到了隼山的墓窖里。

　　两年后，人们在隼山的墓窖里发现了两具紧紧相拥的尸骨。一具尸骨是女人的，另一具是男人的，这个男人有弯曲的脊梁骨，一条腿骨比另一条腿骨短些。

　　当人们想把他们的尸骨分开时，这尸骨就化成了灰尘。

　　到此，这个惊心动魄的故事终于画下了句号，每个人物都迎来了各自的结局。

Step 7

读完整个故事再来——回顾故事里那些震撼我们心灵的人物，剖析他们的心路，窥视人性的选择。

爱斯梅拉达

生活于她是如此不公，但是她美好纯洁的内心从不曾改变。

这个姑娘是善良的。为了救一个素未谋面的陌生人的性命，她自愿与他结为名义上的夫妻；丑陋的加西莫多曾经伤害过她，她仍然愿意在行刑台上给他送去一口水。

这个姑娘也是坚韧的。副主教一次次威逼她，用尽一切手段迫害她，但是哪怕付出生命的代价，她也没有屈从一个恶魔。

但是在爱情里，这样一个天真的姑娘，又是那么盲目、卑微，甚至可以说是愚蠢。然而爱情好像越是盲目，越是顽强，在毫无道理的时候反倒最坚决。所以爱斯梅拉达从始至终认定他，怀念他，最后甚至因为他被送上了绞刑架，到死也不知道所爱之人的真面目。

满腔爱意错付于人，是盲目的执拗，是无知的愚蠢。然而，对于这个纯洁善良的波希米亚姑娘，我们又不忍心说她愚蠢，毕竟她就是爱那个人，爱得斩钉截铁，爱得至死不渝。

谁都难逃爱一场，谁也无权责备。但是在爱情里千万不能迷失自己，丢弃自己。有所得，有所不得，有所爱，有所不爱。人生不是只有爱情与空气，更重要的是你自己。

加西莫多

独眼、驼背、罗圈腿的加西莫多，一个从出生就生活在诅咒中的人，备受嘲笑和戏弄。在他的成长过程中，从质围环境中能看到的只有憎恨，于是他也学会了憎恨。他对外人封闭自己，只有圣母院的那些钟是唯一渗入他心灵的亮光。

然而这样一个破败不堪的灵魂，只要得到一点爱，就会用尽全部力气去报答。

副主教养育了他，于是他甘愿做一个最卑微的奴仆。尽管这个义父阴沉又严厉，简直不堪忍受，然而加西莫多的态度依旧是热情的、无边的。

最初行刑台上的一口水，让加西莫多流下了生平第一滴眼泪，这口水敲开了他坚硬的内心，也让他爱上了那个波希米亚姑娘。于是他奋不顾身地从刑台上救下她，不求回报地对她好，在死后也要守护着她。

有人说，爱不是值不值得，而是愿不愿意。这就是加西莫多的爱情吧。爱斯梅拉达从始至终都没有爱过他，甚至因为他的丑陋，都不愿意多看他一眼。

你可以说这样的爱太卑微，但又何尝不伟大。爱情有很多种，也许有一种就叫心甘情愿，哪怕肝脑涂地，哪怕万劫不复。

最后与心爱的人化为灰烬，也许是加西莫多最圆满的结局。

美丽的外貌不是高尚，丑陋的灵魂才是罪恶。你可以说这是上帝的旨意，但又何尝不是自己的选择。

克洛德

克洛德不是一个天生的坏人，他热爱科学和知识，从小读着弥撒和经书长大；他倾尽全部的爱养育着弟弟，还收养了被众人厌弃的加西莫多。

神父是不能有七情六欲，更不能爱女人的。他曾经远离所有女人，然而有一天，他看见石板路上一个浑身发光的姑娘在跳舞，于是他沉醉其中，就像命运的手把他抓住了。

一个人怎么可能抑制住自己强烈的欲望呢？修道院的禁欲主义把克洛德折磨得不像人，当这股欲望终于爆发的时候，就像洪水猛兽般无法抑制。他爱得越来越疯狂、热烈、痛苦，可是这个天真美丽的姑娘却不爱他。她死心塌地爱一个花花公子，甘愿做他的情妇。这个姑娘就算死，也不愿意克洛德来拯救她。

天性里的占有欲和嫉妒，让他变成了一个魔鬼，吞噬了所爱之人，也吞噬了自己。最后在这场爱里，他跌入了最悲惨的结局。

这是克洛德的悲剧，也是那个时代的悲剧。宗教禁欲主义无时无刻不在折磨着他，令他挣扎在教义与欲望的边缘，产生源源不断的信仰矛盾和自我割裂。他知道一个男人爱一个女人并没有错，然而对于神父来说，爱情就是罪恶。

在扭曲中长大的灵魂，自然不会善待爱。那样无尽的堕落是选择，也是必经之路。

雨果在开篇说的"命运"二字，命运的奥秘到底是什么，也许是你脚尖的方向。

当你凝视深渊的时候，深渊也在凝视你。

小妇人·不负爱与自由

「在你跌进深渊时，唯有爱你的人愿意伸出双手给予你支持。」

开创女性成长小说先河之作。八十八本塑造美国的文学名著之一。深深影响当代流行文化，一百年来改编二十五次，平均每四年推出一次同名影视作品。

Step 1

　　故事的主人公们是居住在美国新英格兰地区的马奇一家。男主人马奇先生在前线打仗，马奇太太与四个女儿面对艰难的生活从不轻易低头，其中二女儿乔就是作者以自己为原型创造的人物。

　　马奇家四位女儿各具特色：大姐梅格美丽温柔，是一位幼儿家庭教师，以微薄的薪资来给贫穷的家庭减轻负担；二姐乔则是大大咧咧的一个姑娘，不爱在学校上学，她平时去姑婆家照顾上了年纪的姑婆；三姐贝丝虽然乖顺，但因为性子太过胆小，不喜与人打交道，所以待在家里学习；唯一上学的十二岁的小妹艾米言谈举止端庄，骨子里是藏不住的骄傲。

　　性格迥异的四位少女有着不同的生活轨迹，但是她们对家庭的热爱，对家人的依赖，让人为之动容。

　　圣诞前夜，乔和姐妹们为贫穷而伤神，贫穷意味着没有像样的圣诞礼物，懂事的她们都放弃了自己心仪已久的东西，并且决定每人用自己的钱给马奇太太准备一份圣诞惊喜。

　　当马奇太太在圣诞节的早晨外出归来时，她听见了贝丝演奏的美妙钢琴曲；桌上的红玫瑰和白菊花娇艳欲滴；新鞋、香水和手帕被女儿们送到她的手边。

　　四位女儿的孝顺加起来，把马奇太太的整个冬天都温暖了。她没想到，孩子们会注意到她穿了好久都舍不得扔的鞋子，她更没想到孩子们会放弃给自己采买礼物的机会，选择给她一份惊喜。

　　善良的马奇一家不仅给自家人添置了礼物，在了解到附近一位单亲妈妈的艰难处境之后，更是献出了自己的早餐。善良总是会有回报的。晚上，她们收到了邻居劳伦斯家送来的丰盛晚餐，这让马奇一家既惊喜又感动。

　　富裕的劳伦斯家只有两位家庭成员——年迈的劳伦斯老先生，和他体弱多病的小孙子劳里。他们都不常和邻居走动，所以人们对劳伦斯家的印象止步于"高不可攀"。

　　很意外的，乔和姐姐梅格在一场舞会上与劳伦斯家的小孙子成了好朋友。姑娘们发现，劳里并不像传言中的难以接近，他其实是个活泼逗趣的男孩，只是困于身体太过虚弱，所以不能随心所欲地出门与他人打交道。

　　舞会之后的一段时间，乔常去劳伦斯家做客，她从劳里口中得知，他很羡慕自己家的生活："我看到你们和母亲坐在桌子旁，你母亲的脸正对着我，她的脸好祥和，我会忍不住一直看。我没有母亲，你知道……"

　　劳里悲伤的气息扑面而来，善良的乔当即安慰他："我们是邻居，你不要怕麻烦我们，可以多来做客。"

　　乔就是这么一个大大方方的女孩，她不会因为家里贫困而自卑，在交际方面她不卑不亢。虽然马奇家的孩子都有着各自生活中的困难，但她们在面对他人时，总是笑脸相迎。

　　在艰难的日子里，父亲的家书分外珍贵：

　　代我给她们我全部的爱和亲吻。告诉她们我日日思念她们、夜夜为她们祈祷，我无时无刻不在她们的深情中找到最大的安慰。

我知道她们会牢记我说的话，做一个好孩子，也会尽力做好自己分内的事，勇敢地生活、战斗。

等我回到她们身边的时候，我这些小妇人们一定变得更可爱，更令我骄傲。

父亲鼓励的话语让小姑娘们哭红了鼻子，在父母充满爱的教育下，她们更加懂得感恩和努力的意义。

我们知道，榜样的力量是不可小觑的，母亲的言传身教给孩子们善良天性的种子培土施肥，假以时日，这颗善良的种子必定长成参天大树。

姑娘们出门时总会回头寻找母亲的目光，因为母亲总是会站在窗前点头微笑，并朝她们挥手。不论她们的心情如何，只要再看母亲一眼，就会收获一天的暖意，母亲对她们来说，就像发出和煦光芒的太阳。这份暖意提醒她们为人温和，所以就算她们吵架了，也会很快和好。

梅格是艾米的倾诉对象，乔是贝丝的领路人。这四个姐妹往往分成两对，也许是性格使然，两对中的姐姐都在妹妹们面前扮演着"妈妈"的角色，她们用小女人的母性本能照顾妹妹，所以两位姐姐——梅格和乔，也被称为"小妇人"。

Step 2

　　这是一个下过雪的午后，姐妹们都围在锅炉边打寒战，但早晨刚散完步的乔按捺不住自己的活泼劲儿，准备把门前花园里的雪扫干净然后出门探险。

　　花园现在死气沉沉，同样看起来毫无生机的还有邻居劳伦斯家的房子——劳伦斯家鲜少有人出没，就像一座魔宫，充满奇妙事物而无人享受的魔宫。不过，一想到舞会上待人友善的劳里，乔忍不住想同他一块儿玩，她决定，这座"魔宫"就是她今天冒险的地方。

　　劳里和乔相谈甚欢，但劳伦斯先生的到来让乔发怵。他长得很慈祥，但带着很强的压迫感，乔说劳伦斯先生没有她外公好看的话语被劳伦斯先生听见了，但他并没有生气。他用手指轻托起乔的下巴，点点头说："就算你没有你外公的长相，你也有他的精神。他是个好人，亲爱的；但更好的是，他也是个勇敢且诚实的人，我很荣幸跟你外公做朋友。"

　　让劳伦斯先生开心的还不只是马奇家的二小姐，马奇家的三小姐贝丝也和劳伦斯先生成了忘年之交。将贝丝和劳伦斯先生紧密联系在一起的是钢琴。

　　劳伦斯家有一架精美的钢琴，但是劳伦斯老先生从不弹奏，他也不许任何人弹奏那架钢琴。这都是因为劳里母亲的缘故，劳伦斯老先生和劳里的父亲就是因为她产生了隔阂——劳伦斯先生并不喜欢这个儿媳妇，而这个儿媳妇是个音乐家。

贝丝虽然胆小，但是她对音乐的热爱让她鼓起勇气和劳伦斯先生说话，在得知劳伦斯先生不但完全不介意她弹家里的钢琴，甚至保证不打扰她的时候，她内心的感激溢于言表。

从此以后，贝丝每天都会去劳伦斯先生家弹钢琴。在贝丝报以感恩的亲吻时，劳伦斯先生又感动又欢喜：他让她坐在他的膝头，用他布满皱纹的脸贴着她红润的脸蛋，他感觉自己的小孙女又回来了！

从这一刻起，贝丝不再害怕他，她坐在那儿自在地同他说话，就像他们已经熟识一辈子了。因为爱会逐走恐惧，而感激可以征服骄傲。

马奇家就如千千万万个普通家庭一样，生活在痛苦与甜蜜交织而成的网中，她们也有自己的烦心事：大姐会抱怨自己看上去毫无希望的人生；乔也会讨厌姑婆对她的训诫；贝丝困于社交障碍；艾米烦恼于学校琐事。

但这一回，艾米的烦恼惊动了全家人。

有些东西总会在孩子们之间风靡一时，这回艾米的学校里刮起的是"酸橙社交之风"——大家用橙子换取朋友的东西。

不过这让艾米很苦恼，因为她吃了别人的橙子但回请不起。马奇家的姐妹都是互相帮衬的，大姐梅格为了维护妹妹的自尊心贡献出自己攒下的一点工资，艾米用这些钱买了二十四个橙子带去学校。

同学们纷纷涌上来与她攀谈，而她班上的对头斯诺也想分一杯羹，她主动向艾米示好，但遭到拒绝。斯诺为了报复艾米，便向她们最严格的老师告密，说艾米带了他明令禁止的酸橙进教室。

风暴即将来临，戴维老师命令艾米把酸橙立即丢到窗外，扔完之后艾米还被当众打了手心，最后还面对着全班罚站到下课。

那短暂的十五分钟让她仿佛被凌迟，自尊心让她又羞又恼，她哪里受过这样子的羞辱？就连母亲也从来没对她们姐妹发过火、说过重话。

回到家里，悲愤的艾米向家人们大吐苦水，妈妈见她这样，集合姐妹们举行了一个家庭会议，她用温软的话语安慰艾米，但艾米实在是怒火中烧，她逃学，还一直说着不得体的话。

饶是母亲再宽容，也无法容忍艾米如此任性，她严肃地告诉艾米："你本身就违反了班级的规定带橙子去学校，老师的体罚与羞辱是不对的，但是严厉的教育方式反而对你更有益处。"

母亲说得没错，自大的孩子总要有一个能压住他的人来打磨掉他的戾气，艾米正是需要一个这样的人来让她学会谦卑，姐姐们也非常赞同母亲的话。

Step 3

周六的休闲时光，乔和梅格正准备出门赴约，跟劳里一起去戏院看戏。小妹艾米看见后，也想跟着一起去。不过她眼睛受了伤，大姐梅格劝她下周再去，艾米不听，一意孤行地赶忙穿鞋。

一旁的乔早就想给不明事理的妹妹一个教训了，她呵斥道："如果她去，我就不去；况且他只邀请了我和梅格，把你带去是一件很失礼的事情。"

"我就是要去！"艾米的眼泪说来就来，但乔和梅格来不及管她，劳里已经在楼下叫她们了。乔听见妹妹对她喊的最后一句话就是："你等着，乔，我会让你后悔的。"

结果，看完戏的第二天，乔发现了一件令她崩溃的事情：艾米把她辛苦写成的书给烧了。乔最大的爱好就是写作，她把几篇童话故事写成了一本书，并且把手稿撕了，所以艾米毁掉的是唯一一本誊抄本。

艾米也意识到了自己犯下的错，不停地乞求乔的原谅，但乔不为所动。怒气冲冲的乔找劳里去滑冰解闷。

想要得到姐姐谅解的心情越来越焦急，艾米拿出自己的滑冰鞋跟着乔。本来就不擅长滑冰的艾米滑到中间的薄冰处，猛地掉进冰冷的水中。

乔吓得双腿瘫软，她什么也来不及想就往回滑……虽然艾米最终获救，乔仍是惊魂未定。后怕、懊悔、目责等种种情绪让她泪流不止。

伤害自己的亲人往往比伤害别人容易得多，因为你潜意识里知道，就算再怎么伤害他们，他们最后还是会选择原谅，并且不会离你而去。可是亲人受伤的同时，你也会难受，所以不要等自己感同身受之后，才明白伤害家人是最愚蠢的行为。

与此同时，大姐梅格的考验才刚开始。相比三个妹妹，她最早脱离学校，社会经验也最丰富，但有些场合也难倒了看似无所不能的大姐。

梅格有一个意外的假期，她收到了一户有钱人家的宴会邀请，她兴高采烈地赴约，在兴奋劲儿过了之后对贫富差距感慨颇多。

明艳的华服暗中标好了穿着者的价码，这些上流社会的姑娘的眼睛很毒辣，不自觉地就会把对等阶层的女孩子拉入她们的小团体。

梅格心里并不欣赏这些姑娘，她认为她们的谈吐极其肤浅，每天都过着挑衣裙、做头发、参加宴会之类的虚浮生活。但在这样的环境下，梅格也逐渐失去自我，她忘了自己对这些奢华泡沫的不屑，并妄图走入她们的圈子。

打着玩笑旗号的太太小姐们把梅格当作玩偶一样打扮，梅格却没有意识到自己已经是个笑柄，反而对自己得到的夸赞沾沾自喜。

直到她听见那些女孩背地里对她的真正看法，那些掺杂着轻蔑、嘲弄的话语敲醒了梅格，愤怒过后更多的是羞愧——她不该陷入虚荣的陷阱。

梅格逃回家了，她逃到母亲身边，那儿是能无话不说的港湾。

马奇太太听完她的忏悔之后，并没有责怪梅格爱慕虚荣，她只是希望别人的话不要伤害自己的女儿。她告诉梅格："你要学会认清并珍视值得拥有的赞美，除了美丽之外更要谦逊，这样才能得到品德高尚的人的赞颂。"

从母亲那儿，梅格还了解到母亲的计划，这个计划是她对女儿们的人生大方向的期望。

她希望女儿们能够聪明善良又大方美丽，享受一份甜美的爱情也是必要的，但是她不希望她们莽撞地奔向外面的世界，为了过上优越的生活就贸然嫁给不爱自己的纨绔子弟。

梅格听了这番话，精神没有太大振奋，她叹息现实太残酷，如果她们不奋力向上爬，根本没有机会接触到更高层次的人。

母亲打消了她的疑虑，她告诉梅格，贫穷很少会吓退一个真正的爱人，应当把这些事情交给时间。把自己变成优秀的宜室宜家的女孩，这样在遇到对的人的那一刻，第一反应不是因自己配不上对方就自卑地躲开，而是挺胸抬头，自信地去爱，因为最好的自己已经准备就绪，就等同样优秀的对方和自己相遇。

母亲还给了她们最大的依靠，她说："母亲会永远聆听你们的心事，父亲永远是你们的朋友，我们都相信并且希望，我们的女儿们成为我们生命中的骄傲和安慰，不管她们有没有结婚。"

家的支持是孩子前进的动力，也是孩子失意时的充电站。对孩子来说，最大的底气是父母，被爱的孩子在奋斗时往往能放手去拼。

Step 4

　　姑娘们有一个自己的"秘密社团"。这是一个出版周报的社团，自制报纸上是四位成员搜集的有意思的文章，除此之外还有一周内对彼此之间矛盾的反思以及心得。

　　每周六她们都会在阁楼共读报纸，就像参加聚会那么开心，良好的交流氛围也让姐妹之间的情感更加浓厚。

　　在这回聚会中，乔把劳里偷偷带来了，姐妹们并不十分乐意接受这位"空降兵"。劳里为了表示自己的诚意，特意在马奇家花园那儿设置了一个邮箱，如此一来，他们两家能互换读物，姑娘们听了都欢欣鼓舞。

　　暑假如期而至。姐妹们商量着要好好休息一段时间，她们认为世界上最美好的事情就是不用工作，每天愉快地享受生活是最理想的生活方式，但是母亲并不这么认为。于是她们决定做一个小实验——用整整一周的时间体验单纯享乐的生活，谁也不用学习或者做家务。

　　这个有趣的实验在开始的第二天就让四姐妹无所适从。一天下来，过度赖床让人精神不佳；房间里乱成一团却无人打扫；每个人都感到一天的时光太过漫长……

　　孩子们的状态马奇太太都看在眼里，她使了一个小计谋——装病。

第六天，得知母亲生病后，孩子们除了担忧就是兴奋，她们终于可以做一些不同的事情了：梅格动手打扫客厅；乔决定给母亲烧饭；因为前几日的休息，贝丝没有及时给她的金丝雀喂食，她发现它的尸体之后泪流不止，全家人为之举行葬礼，大家都有些自责。

自此，姑娘们都明白纯粹做一件事的生活是枯燥乏味的，而且很可能造成一些意外。马奇太太很欣慰，她给孩子们上的这一课是成功的。

盛夏，爱情随着邮箱寄到马奇家——梅格丢失的手套在邮箱里只剩一只，她并不知道那不知姓名的先生含蓄的爱意——私藏手套的爱意。

那是劳里的家庭教师布鲁克偷藏的，在 7 月的一天，劳里邀请马奇家的姐妹与他的英国朋友们一同野营，阳光下的少男少女开始做着年轻人的梦。

乔希望当一个作家；劳里想在德国定居，享受他喜爱的音乐，过着不用为生活奔波，随心所欲的日子；梅格的梦想比较现实，她想要的是奢华的生活；和大哥哥大姐姐相比，两个妹妹的愿望就要简单许多，艾米想要当一个画家，贝丝只要待在爸爸妈妈身边就很满足了。

不过乔追逐梦想的步伐比姐妹们都要快一步，她向报社投递了自己的作品。当她读给姐妹们听的时候，大家都没想过这样趣味横生的文章出自自家姐妹之手。

大家祝贺乔的时候，她把头埋在报纸里，没忍住掉了泪，因为她心里最大的愿望就是能够独立，并赢得她深爱的人的称赞。

11 月，马奇家收到了父亲的电报，并不是父亲发的：

马奇太太：

你丈夫病重。速来。

黑尔

布兰科医院，华盛顿

世事无常，但马奇太太没有时间哭，她稳定住孩子们的情绪，张罗着赶往华盛顿的事情。买火车票、筹医药费、收拾行李……马奇太太打起十二分的精神，她知道，自己现在是家里的顶梁柱，要是她先垮了，四个女儿不知道会慌成什么样。

从看完电报之后就没看见乔的影子。等她再回来的时候，头上戴了一顶帽子，手里攥着二十五块钱。

孩子要如何回报父母才算孝顺？大概是在父母有难的时候，力所能及献出自己的所有。

乔为了父亲，把自己引以为傲的浓密长发卖了，她说："我急着要为爸爸做点事，我和妈妈同样讨厌向别人借钱。梅格把她每季的薪水都付了房租，我却拿来买衣服，所以我觉得自己很差劲，就想要赚点钱，就算卖了我的鼻子也要赚钱。"

乔为爸爸放弃了自己的头发，爸爸为保卫国家而患病，他们都是当之无愧的英雄，教育也是一种传承，马奇家的奉献精神很好地传承了下来，这将是孩子一生的财富。

Step 5

"孩子们，我把你们托付给仆人照顾，请劳伦斯先生保护你们。我不担心你们的安全，我只希望你们能正确地对待这场变故。要怀抱希望，保持忙碌，不论发生什么事，要记住你们绝对不会没有父亲的。"母亲拖着疲惫的身体极力安抚孩子们的情绪，身为一个母亲，她已经做得很好了。

一周内，家里每天都会收到同在华盛顿的布鲁克先生的快信，而且每次都是关于父亲的好消息——父亲的病有所好转。

大家悬着的心也逐渐放下，梅格很好地做到了母亲叮嘱的事情，她担起长姐的职责，不断鼓励妹妹们打起精神去工作学习。

在忙碌间隙，孩子们最积极的事就是给父母写信。信的内容大多是日常的小事，她们知道母亲看了她们轻松的日常一定会对她们放心。

笼罩在马奇家上空的乌云渐渐散去，母亲终于回来了。

马奇太太曾说过，真爱是不会被贫穷吓跑的。布鲁克和梅格虽然都不算富有，但是在能够选择有钱人结婚的条件下，梅格还是选择了布鲁克，因为他的真心打动了她。

婚礼在 6 月的清晨举行，他们的故事才刚刚开始。

蜜月结束后，他们的生活回归到盘算柴米油盐的日子，因为贫穷，梅格不得不限制自己的花销，但是她骨子里仍然是个有着些许虚荣心的女子。布鲁克向来不干涉妻子买那些不实用的小玩意儿，可布鲁克没想到他的宠溺换来的是妻子变本加厉的挥霍。

梅格看中了一块五十美元的衣料，朋友和布料商人那充满诱惑力的话语迷惑了失去理智的梅格，她狠下心买下了那块花布，却忘了五十美元对于她和布鲁克的小家庭来说是多么难以承受。

布鲁克的气愤是意料之中的，但他对梅格的爱让他很好地克制着自己的情绪，在之后的日子里他节衣缩食，甚至舍不得买一件自己喜欢很久的大衣，这些事情被梅格看在眼里，也痛在心里。

愧疚一层层叠加在小妇人心上，她不能辜负布鲁克对自己的一片深情。她把衣料卖出，给丈夫买了新大衣。之后，她拾起作为一个妻子的责任，打起十二分精神操持他们的小日子。

夫妻之间最重要的就是相互体谅，在学习如何做一个称职妻子的路上，梅格马不停蹄。

乔的写作之路慢慢步入正轨，她参加一个故事征集大赛竟然获奖了，奖金一百美元。再多的赞美也抵不过奖金带来的冲击力，乔的幸福感染了每个家庭成员，她把这笔钱当作母亲和贝丝的旅行基金。

不仅如此，她创作的小说一经出版，得到了不错的反响。一次次成功的尝试让她打算靠自己的才华挣更多的钱，以提高家人的生活水平。

她自由洒脱的个性赋予作品灵性，但是每件事都有它的两面性，就因为乔做事不拘小节和直来直去的个性，让她痛失了去法国的机会。

艾米看不过去乔对社交的态度："妇女应该学会如何与人交往，特别是穷困的妇人，因为没有别的方法能报答别人的恩惠。如果你多加练习，会比我更招人喜爱，因为你有更优秀的品质。"

乔还是坚持自己的观点："我这人又守旧又怪，将来还是会这样，但是我承认你说得很对。只是我可以为一个人不顾惜自己的性命，但让我对一个自己不喜欢的人阿谀奉承，我办不到。我这样的爱憎分明，很可悲，是不是？"

艾米无奈道："你没有必要因为他讨人厌，而连累自己也不讨人喜欢，这太不值得了。"

就是这样截然不同的人生观让她们走上不同的道路。

最终得到出国机会的是艾米，因为给她们这个恩惠的马奇姑婆欣赏艾米良好的社交礼仪和谈吐，这也给乔上了一课：直爽的性格并没什么不好，但是在不同的场合要懂得收敛自己的脾性。

Step 6

乔的作家生涯越发红火，她日复一日地专注于写作，懒得去处理复杂的人际关系，交际在她看来就是在浪费时间。

更重要的是，她习惯性拒绝劳里的不断示爱，一来，因为她自幼就把劳里当作最要好的朋友，并无他想；二来，她的妹妹——贝丝，默默地爱上了劳里。

劳里对乔的爱是炽热且卑微的，他根本不在乎为乔做出改变，就算是变成一个圣人也无所谓，可是乔压根就不给他这个机会。

贝丝对劳里的爱则是默默无闻的，她心里明白，这么多年，这位少年眼里只有自己的姐姐，就算她主动示爱也难以让他改变心意。除此之外，她还有一个最大的顾虑——她每况愈下的身体状况。从那次差点夺走自己性命的猩红热开始，她的身体一直都很虚弱。

面对劳里和妹妹都爱而不得的状况，乔决定离开一段时间。

她想要去母亲一位在纽约的朋友家当仆人，顺便累积更加丰富的写作素材；她更希望，在她离开的这段时间，贝丝能和劳里有更多的独处时间，而劳里能把对自己的迷恋降降温。

在纽约的日子里，乔一得空就把时间用在文学创作上，在文学探索的路上，虽然碰到了很多难题，但是她也遇见了将来会与她相守一生的伴侣——巴尔教授。

来自德国的巴尔先生是被乔当写作素材来研究的人物之一，他是个语言教授，为人正直而且温柔体贴。

巴尔先生在写作方面给予乔许多实质性的帮助，他的学识使乔不得不钦佩，她对他的感情超出了师生界限，慢慢演化成仰慕，这种仰慕之情随着时间越来越深。她渴望得到巴尔先生的尊重与好感，更希望自己能有资格成为他的好友。

次年6月，乔准备离开纽约回家了，她和巴尔先生告别，眼里是满满的不舍。可这位教授并没有看出乔对自己的爱慕，反而以为乔已经心有所属。不过他很快就能赢得她的芳心，因为爱是藏不住的。

随着乔的回乡，故事又回到了劳里与乔"剪不断，理还乱"的感情纠葛中。

劳里的成绩比以往优秀很多，他顺利完成了学业，而他的努力都是为了乔能够对他刮目相看。现在学业结束了，劳里觉得时机已经成熟，是时候让乔做出决定了。

乔没法骗自己，更不愿意欺骗劳里，不爱就是不爱，这样的感情没有理由也不会有结果。

失恋的劳里决定离开这片伤心之地，虽然他口口声声说不会再爱别人了，但是乔知道，这只是他人生必经的一个阶段，他的感情之路才刚开始。

劳里走后，最伤心的莫过于贝丝，她对劳里的爱始终未能说出口，心中的悲哀和孱弱的身体一次次冲击着小姑娘的精神，她仿佛预见了那一天的到来。家人们也清楚，贝丝所剩的时间不多了，她的脸颊一天比一天没有血色，身子也一天比一天瘦弱，和家人在一起的每分每秒，她都很珍惜。

春季一天天过去，贝丝攒够了倦意，在某天沉沉睡去。

与此同时，远在瑞士的艾米很晚才得知姐姐的噩耗。在家人的一再坚持下，她没有回家，可是抑郁的心情挥之不去，于是她写信给劳里，希望他能陪她消解忧愁。之所以写信给劳里，是因为前段时间他们已经在法国相遇。

在经过国外的历练之后，两个人的性格都发生了明显的变化，劳里更加内敛，艾米也不再傲慢，再面对彼此时，又藏不住喜欢。劳里对乔已经完全没有了感觉，他终于懂得他对乔的爱是年少冲动下不成熟的一次尝试。现在，清醒的他决定对艾米求爱。

有一次，他和艾米在一艘船上划着桨，劳里抓住时机询问道："我希望我们能永远在一条船上划桨，你愿意吗，艾米？"

他的声音很柔和，和当年对乔的表白相比，这次对艾米所说的话完全是个成熟男性含蓄真挚的求爱。

艾米被他的真诚打动，她说："我非常愿意。"

湖水勾画出年轻人的朦胧爱意，这是人间的幸福画面，找到共度一生的人是多么不容易，愿每个人在追爱路上都能勇敢前行。

Step 7

　　梅格与布鲁克的四口之家一如既往的甜蜜，当初梅格的人生规划是嫁给有钱人，过高贵夫人的生活，她最终没能如愿，却过得无比幸福。因为幸福不仅源于金钱，一个体贴的丈夫、一颗以家庭为首的心，足以让她甘愿当布鲁克的小妻子，满足于当下的生活。

　　艾米与劳里的爱情最终修成正果，这对善良的新人用他们的金钱回馈社会。他们不仅享受自己的生活，还愿意设置一个慈善机构，让更多有梦想的年轻人在奋斗路上减少对资本的顾虑。

　　贝丝去往天国，所有人都为她祝福，只有乔迟迟不愿承认妹妹已经离开的事实，在绝望的日子里，她光凭自己是走不出这个困境的。

　　巴尔先生还挂念着这位让他魂牵梦绕的姑娘，他决定动身去找乔。他的登门让乔大吃一惊，乔觉得巴尔就是千万束阳光，照亮了她布满灰尘的世界，她因伤痛溃烂的心在见到巴尔的那一刻开始愈合。

　　之后，巴尔仍然不清楚乔对他的感情，也不明确劳里和乔的关系。他连续三天没有再造访马奇家，乔的世界因为他的离开又重归灰暗。可是对巴尔的爱驱使乔去找他，她没有办法接受这样的分离——她以为巴尔厌倦她，要回纽约了。

她在大雨中找到了巴尔，眼泪不受控制地簌簌滚落："我以为你很快就要走了……"她叫了他的名——弗里德里克，而不是巴尔。

这个称呼一下就触到了巴尔心里最柔软的地方，在他前妻死后，从没人这么叫过他。

气氛正好，巴尔顺时表达出自己压抑已久的感情，乔没想到阻碍他们的居然是他对她与劳里的误会，她把事情一一解释清楚，巴尔又惊又喜："我相信你给了我所有的爱。我期待了那么长的时间，你会感觉到，我变得自私了，教授夫人。"

至此，他们所有的心结都解开了，乔终于走出悲伤的阴影去拥抱爱人，巴尔也抱得美人归，开始了幸福的生活。

小说以马奇太太拥抱儿孙结尾，四个女儿的优秀，离不开母亲在人生各个方向对她们做出的指引。

教育是全书的内核，作者描写马奇四姐妹的悲欢离合最终的落脚点是教育。马奇太太在教育中扮演了最重要的角色，她既是母亲又是老师，她睿智、懂礼又坚强。

贫穷的家境很容易造成孩子的自卑心理，特别是像马奇家这种家道中落的家庭更容易让孩子产生一种心理落差，但是在马奇太太的教育下，孩子们非但没有自卑，反而一个个出落得落落大方、不卑不亢。

因为她们懂得家庭之爱比金钱更重要，金钱买不来母亲，更买不到温馨的家庭氛围。这也是在富裕家庭长大的劳里羡慕马奇家姐妹的原因，空有丰富的物质生活达不到真正的幸福，再多的金钱也掩盖不住空虚的内心。

除了教育，成长也是小说的一大主题。小说有十几年的时间跨度，主人公们在情感、事业和性格上都有各自的发展。

梅格爱慕虚荣的心因为丈夫而改变，她不再是那个初入名利场就被物质迷昏头的无知少女了，她完成了从"天真少女"到"持家母亲"的完美蜕变；

长大后的乔褪去了总是毛躁的那一面，她在写作上的成就不算巨大，但她是四姐妹中最接近自己理想生活的人，因为她的人生目标非常明确，也因为她对文学的那份执着让她实现了自己的理想；

贝丝的人生虽然短暂，却也绽放出了不一样的人生光彩，她给家人带来的温暖是难以让人忘怀的，她的善良在成长过程中一直留存着，她的初心至死不变；

艾米如愿嫁给了一个有钱人，不过她并不是因为钱而嫁给劳里的，她在成长的过程中明白了钱的"不重要性"，也领悟到真心不是金钱能够衡量的。

整部作品旨在强调真善美的重要性，是一部集教育与婚恋于一体的成长教科书，马奇太太运用在生活中的智慧到今天仍然适用，这也许就是《小妇人》畅销百年的原因。

傲慢与偏见 · 好的爱情，是灵魂的门当户对

『愿你能遇到一个真正匹配的爱人，用最舒服的方式相爱，一生很长，彼此打磨，成为最默契的那一对。』

春娇

"可与莎士比亚平起平坐"的作家——简·奥斯汀代表作。《傲慢与偏见》中体现的女性意识的觉醒，即便是在两百多年后的今天依然让人印象深刻。

Step 1

有财产的单身汉是众人觊觎的对象，住在朗博恩的贝内特太太对此尤为敏感。她毫不关心自己五个女儿的教育，从一开始，她就盘算着如何把五个女儿嫁出去。

此时，临近的内斯菲尔德庄园入住了一位有钱的单身汉，名叫宾利，年收入五千英镑。从邻居卢卡斯太太口中得知，宾利先生非常年轻，为人又极为谦和，最重要的是他正打算举办舞会。

这个消息让女士们十分雀跃，大家都热烈地希望见到这位年轻人。

舞会这天和宾利先生一同随行的有他两个姐妹、姐夫还有一个青年。他的姐妹们都优雅得体，而姐夫却不大引人注意，倒是这位青年，他的朋友，达西，引起了所有人的注意。

达西先生一表人才，相较宾利财产更为殷实。但他眼神傲慢，态度冷淡，很多人在讨好不得后便对他心生厌烦。

舞会上，因为男宾少，贝内特家的二女儿伊丽莎白有两场舞都不得不落座，当时达西先生曾一度站在她的身旁，于是她偷听到了达西先生与宾利谈论的话。

达西表示自己讨厌跳舞，更讨厌跟不熟悉的人跳舞。宾利则认为他挑肥拣瘦，而且正打算介绍场上最漂亮姑娘的妹妹，也就是伊丽莎白给他认识。然而达西并不领情，只是冷漠地说："她还可以，但也没有漂亮到打动我的心。"

舞会结束后，贝内特太太一刻不停地向自己的丈夫描述舞会上的情境，强调全场只有简被邀请了两次，宾利小姐们对简也另眼相看。

伊丽莎白则不这样认为，她觉得姐姐这么漂亮，被邀请是再自然不过的事。但姐姐总是太容易对他人产生好感，看不到别人的短处和伪装。

伊丽莎白则看出了宾利姐妹的傲慢，也看得出姐姐已经爱上宾利，但庆幸的是姐姐没有将心意表露出来。

达西先生一开始带着吹毛求疵的眼光看伊丽莎白，但接触几次之后，她乌黑的眼睛、轻盈的体态、落落大方和爱打趣的性格吸引了他。他开始希望进一步了解她，总是留神她与别人的谈话。

他的行为在卢卡斯爵士举办的舞会上引走了伊丽莎白的注意，但是达西先生之前的傲慢和后来别扭不自然的表现让伊丽莎白怎么都想不到，这是出自他对自己的好感。

内斯菲尔德庄园送来一封信，宾利小姐邀请简共进晚餐。简无奈之下只好骑马赴约，并如母亲所盼望的那样，因淋雨生病，而不得不滞留在内斯菲尔德庄园。

第二天，得知姐姐生病的伊丽莎白十分担心，步行三英里，前往探望。下过雨的道路泥泞不堪，伊丽莎白的衣裙沾满泥土。

对于妹妹的到来，简非常高兴，现在的她最渴望亲人的陪伴。伊丽莎白直率的行为让达西刮目相看，从而更加去注意这个特别的女孩。

在内斯菲尔德暂住的日子中，伊丽莎白发现，真正关心姐姐的只有宾利先生，而宾利小姐表面殷勤，实际并不在意。这让伊丽莎白重新讨厌起这些傲慢的贵族们来。

简的病越来越严重，伊丽莎白担忧不已，写信让母亲过来。

很快，贝内特太太带着两个小女儿来到内斯菲尔德庄园，她发现简的病没有那么严重。但贝内特太太对宾利解释说没想到女儿的病会如此严重以至于不能挪动，希望多住几天。宾利当然愿意。

达西邀请伊丽莎白跳舞，伊丽莎白回答说，如果他希望自己答应，然后再借机嘲讽自己的低俗并准备借此得意的话，那么，是不可能成功的。因为拆穿别人的诡计是自己的爱好，并表示，自己会说不喜欢跳苏格兰舞，好让达西不敢蔑视自己。

达西却回答说，果真不敢。

这下，倒让伊丽莎白愣住了。本来还打算让对方难堪的伊丽莎白突然觉得达西让人捉摸不透。

而此时的达西心里却想着，如果不是她那些举止粗俗的亲戚，自己真的会喜欢上伊丽莎白，那可就危险了。

Step 2

简很快痊愈，姐妹俩打算回家了，达西不由得松了口气，因为伊丽莎白再待下去，自己对她的爱慕就会被发现，这是他不愿意的。

这天早上，贝内特先生让太太准备好一点的午饭。他的表侄柯林斯来信说自己会在这天前来拜访，顺便谈继承遗产一事。贝内特先生有五个孩子，但都是女儿，财产依法要由表侄继承。柯林斯表示，作为给贝内特小姐们的补偿，他打算向其中一位求婚，这次来，实际上是挑选妻子的。

午饭时候，柯林斯准时到达。他一直恭维着所有人，连客厅的家具都赞美了一遍，但似乎并不讨喜。

贝内特的小姐们到麦里屯散步。在那里，她们被一位跟着军官丹尼先生散步的年轻人所吸引。这位青年名叫维汉，刚被任命为军官，眉目清秀，谈吐动人，很是讨人喜欢。

一行人相谈正欢时，达西和宾利骑着马从街上远来。宾利看到贝内特的小姐们便过来打招呼。达西把眼睛从伊丽莎白身上挪开时，看到了维汉，两人都大惊失色，维汉按了按帽子，达西则勉强回了个礼。

几日后，贝内特小姐们与柯林斯应邀参加牌会，维汉也在。伊丽莎白对他很有好感，闲谈中还从维汉口中得知了他与达西的关系。

维汉说他们从小就认识，他的父亲是老达西先生的管家，对财产管理有方。老达西先生对维汉非常疼爱并在遗嘱中说明将给他一个牧师的职位。但老达西先生去世后，达西马上剥夺了他的这一权利。

晚上，伊丽莎白和维汉的谈话都很投机。

第二天，宾利来信邀请她们参加内斯菲尔德庄园的舞会。贝内特小姐们很高兴，伊丽莎白也是，她想着可以跟维汉跳很多支舞，并能从达西的神情举止中看出事情的真相。

舞会上，伊丽莎白一刻不停地寻找着维汉，却发现维汉并没有来。达西来邀请伊丽莎白，伊丽莎白很意外，不过还是答应了，但随后又开始埋怨自己没有主见的行为。

伊丽莎白问达西，是否一旦与人结怨就无法消除，是否会受到偏见的蒙蔽？达西不懂她问这话的用意，伊丽莎白解释说自己从别人口中听到关于他的事情，不知道该相信谁。

达西很严肃地表示，这其中一定大有出入，希望伊丽莎白不要先入为主地刻画他的性格，对两人都没有好处。

柯林斯在舞会上得知达西是凯瑟琳夫人的外甥后，便不停地恭维着达西。伊丽莎白的母亲则在席上胡言乱语，妹妹曼丽不停地答应别人唱歌的邀约，大出风头。一家子的行为让伊丽莎白十分难堪。

回到朗博恩，柯林斯终于向伊丽莎白求婚了，被伊丽莎白果断拒绝了。贝内特先生也不认同他们结合，柯林斯这才打消了念头。

有趣的是，恰巧伊丽莎白的好朋友，威廉爵士家的卢卡斯小姐来访，柯林斯马上将目标转移到她身上。而卢卡斯也很有礼貌地陪柯林斯说话，这让大家松了口气。

宾利小姐来信告诉简，她们一家人已经离开内斯菲尔德庄园到城里去了，再也不打算回来。伊丽莎白对他们的突然迁走感到惊奇。信上还说，宾利先生很有可能娶达西的妹妹，这让简十分伤心。

伊丽莎白劝姐姐不要受宾利小姐的挑拨。简表示，即使宾利小姐反对，她也不会犹豫。但如果这个冬天宾利没有回来，那么她也就不再抱有幻想。

贝内特家应邀前往卢卡斯府上，伊丽莎白向卢卡斯小姐夏洛蒂道谢，感谢她整日陪着柯林斯谈话。

第二天，柯林斯溜出朗博恩，到卢卡斯家向夏洛蒂求爱，他说了一大堆甜言蜜语，两人很快就谈妥了。柯林斯让夏洛蒂尽快择定吉日，她也满意地答应了，但其实完全是为了柯林斯即将继承的那份财产。

夏洛蒂很镇定，虽然柯林斯并不讨人喜欢，但她对婚姻本就不抱什么大的期待。尽管这门婚姻不一定幸福，但夏洛蒂觉得总算给自己安排了一个依靠，日后不至挨冻受饥。唯一的担忧是该怎样向伊丽莎白解释。她把同伊丽莎白的交情看得比任何人都重要。

Step 3

夏洛蒂将与柯林斯订婚的消息告诉伊丽莎白，好友的决定让伊丽莎白很难过，她无法理解夏洛蒂的选择。

宾利小姐来信说她们决定在伦敦过冬，并为哥哥临走时的不告而别道歉，接着便在信里通篇赞美达西的妹妹，认为哥哥很有可能跟她结婚。

希望破灭的简很伤心，伊丽莎白得知后愤怒不已，埋怨宾利身边那帮人害她姐姐伤心。她心里依旧认为宾利是钟情姐姐的，只是容易被他人左右。

简说希望母亲以后能够少提起宾利先生，这样过些时候便会将他忘记。并说自己不应该心存幻想，更不应该怪谁。伊丽莎白觉得姐姐太善良，什么都为别人着想，不会说别人一句坏话，而自己不一样，真正喜欢的人没几个，她认为人都是见异思迁的。

贝内特太太的弟弟和弟媳加迪纳夫妇来到朗博恩过圣诞节。加迪纳先生是个通情达理的绅士，在个性、教育程度方面都比他的姐姐要好很多，而加迪纳太太也是个和蔼优雅的女人，外甥女们都很喜欢她。

伊丽莎白同加迪纳太太谈论了简与宾利的事，加迪纳太太认为简的性子不容易一下子忘记这件事，换个环境也许会好一点，于是让简到自己家住一阵子。简也高兴地接受了舅母的邀请。

其间，加迪纳太太觉察到伊丽莎白对维汉的喜欢，她善意地劝告外甥女，让她小心跟这种没有财产基础的人谈恋爱。伊丽莎白表示她并没有爱上维汉，只是他在所认识的人中是最可爱的一个，自己会慎重的。

简随舅父母到伦敦之后，时常与伊丽莎白通信。在最近的一封信中，简告诉伊丽莎白，她终于看清了宾利小姐的冷淡无情。这封信让伊丽莎白很难受，但想到姐姐至少不用再受宾利小姐的欺蒙，又高兴起来。

加迪纳太太写信与伊丽莎白谈论关于维汉的话题，伊丽莎白回信告诉她维汉已经爱上别人，原因只是那位姑娘可以使他获得一万英镑的巨款。她告诉舅母，她现在深深相信自己根本没有爱上维汉，不然不会这样无动于衷。

3月来临的时候，伊丽莎白履行跟夏洛蒂的约定，前往汉斯福去看望她，顺道也到伦敦探望简，简对妹妹的到来非常高兴。

伊丽莎白来到柯林斯家，柯林斯和夏洛蒂很亲切地欢迎了她。伊丽莎白发现表兄依旧拘泥礼节，并得意地夸耀着自己房子的种种。夏洛蒂则很享受自己打理房子的乐趣，将家里布置得很精巧，对自己的丈夫倒并不是很在意。

复活节前一个星期，达西来到罗新斯府上，还带来自己的表兄福斯威廉上校。得知消息的第二天，柯林斯便去拜会两人，还把两位贵宾请回来做客。

福斯威廉上校大约三十岁左右，人长得不是很出众，不过从仪表和谈吐来看，倒是个地道的绅士。达西依旧是老样子，伊丽莎白只是对他行了个屈膝礼，一句话也没说。

福斯威廉上校很快跟大家攀谈起来。达西却是讲了几句便独自待着。过了一会儿想到礼貌问题，便向伊丽莎白问好。

伊丽莎白想探探他的口风，便说简最近三个月都在城里，问他有没有碰见过自己的姐姐，得到的回答却是没有。伊丽莎白觉得他回答这话时有点慌张，便没有再谈下去。

复活节这天，柯林斯一家应邀来到罗新斯府上。福斯威廉上校很高兴，因为他和伊丽莎白谈得很投机，他们谈到肯特郡，谈到哈福德郡，谈到旅行和家居等等。

他们谈得兴致勃勃，引起了凯瑟琳夫人和达西的注意。凯瑟琳夫人便问他们在谈什么，但态度傲慢无礼，这让达西觉得丢脸。

喝过咖啡后，伊丽莎白应福斯威廉上校的请求，弹钢琴给他听。达西默不作声地走过来，伊丽莎白说他想要吓自己。达西却说她总喜欢说一些言不由衷的话。

伊丽莎白听到这样的形容，高兴得笑起来，对福斯威廉上校说，她本想在这里骗骗人，结果被达西拆台，看穿她真正的性格，并说要把在哈福德郡遇见达西的一些倒霉事说出来。达西微笑地表示并不怕她说出什么。福斯威廉上校也笑着说很想知道达西面对陌生人的样子。

伊丽莎白说她是在舞会上第一次看到他，他整晚只跳了四支舞，当时男宾很少，而女宾没有舞伴闲坐一旁的人却不少。达西解释说因为他当时谁也不认识。

两个人就这样你来我往地拌着嘴，直到凯瑟琳夫人派马车送他们回去。

Step 4

之后达西和福斯威廉上校常常到柯林斯家来。

这一天，伊丽莎白遇到了福斯威廉上校，两人聊到了达西和宾利。伊丽莎白认为拆散姐姐和宾利的事达西肯定脱不了干系，她越想越气。

为了避开达西，她拒绝了到罗新斯赴茶会的邀请。表兄和夏洛蒂都去参加茶会了，伊丽莎白待在家里准备把简的所有来信再看一遍。达西却突然上门，并激动地把对她的种种好感和盘托出。

他一方面滔滔不绝地诉说深情，另一方面却又说了很多傲慢无礼的话。他觉得伊丽莎白身份低微，自己是在迁就她，尽管一再克制自己的感情，但是依旧没有办法。

他一面表明希望伊丽莎白答应他的求婚，而表情却是一副志在必得的样子。尽管伊丽莎白对达西的厌恶根深蒂固，但也无法对一个男人的表白无动于衷。开始的时候，她体会到达西的痛苦和不安，然而后面的话却让她的怜惜转而化为愤怒。

伊丽莎白竭力镇定下来，听他讲完，回答说自己对于他的求婚并没有感激，也不稀罕他的抬举，希望此事就此打住。

达西听到这话后气得脸色铁青，之后又质问伊丽莎白，自己为何会受到这样没有礼貌的拒绝。

伊丽莎白说抛开其他不讲，假使自己对他有好感，然而一个毁了姐姐幸福的人，又怎么能打动她的心？达西听到这些，没有显出一点悔意，他不否认自己做过的事，甚至为此感到得意，觉得是为朋友尽了一份力。

伊丽莎白越听越气愤，告诉达西，他的狂妄自大就是自己对他不满的原因。一气之下对达西说出，在天下男人中自己最不想嫁给他。

达西听完后十分震惊但又很快冷静下来，祝她幸福之后匆匆走了。

第二天早上，伊丽莎白到花园散步的时候，遇到达西。达西交给她一封自己写的信，在信上，他解释了两件事。

一是关于简和宾利的事情。达西说，他发现他的朋友真正爱上了简，但简却表现得并没有钟情于任何人的样子。虽然接受宾利的殷勤，却没有回报同等的感情，便以为她尽管性格柔和却不容易动心，如果观察有误的话，他表示抱歉。

第二件事关于维汉。达西说，在老达西先生去世半年之后，维汉写信给他表示不想当牧师，要放弃这个权利，希望达西给他实际的经济利益。达西答应了，给了他三千镑。维汉很快就将这些钱挥霍光了，又想要回来当牧师。在遭到拒绝后，他便从达西的妹妹那里下手，耍手段打动她的心，让她答应跟自己私奔，从而得到他妹妹将会继承的遗产，幸亏被达西提前发现并阻止了。

伊丽莎白读到这封信，震惊的心情可想而知。她突然觉得自己总是太盲目，对人存了偏见，不近情理。她开始反省自己，觉得自己的偏见和无知无助于明辨是非。

伊丽莎白在表兄家度过了最后一个星期，便又回到加迪纳舅舅家。5 月的第二个星期，简和伊丽莎白回家了，伊丽莎白向简讲述了达西向自己求婚的事情。简虽有些诧异，但她认为妹妹被任何人爱上都是理所当然的事，只是为达西惋惜，认为他不该以那种不得体的方式来倾诉衷肠。

接着伊丽莎白又将达西和维汉之间的事告诉她。简惊呆了，她没想到居然会有维汉这样邪恶的人。

至于信里说起的有关宾利的事，伊丽莎白还没有对姐姐说起，她发现姐姐依旧没有忘记宾利。简的年纪和秉性让这份感情比起初恋来得更加坚贞不渝。

伊丽莎白回到家的第二个星期，驻扎在麦里屯的民兵团过了这个星期就要出发到百里屯去了。弗斯科团长的太太邀请莉迪亚同行，这意味着可以同那些军官们在一起，莉迪亚高兴极了。

伊丽莎白觉得莉迪亚跟团长太太去到那充满诱惑的地方很是荒唐，她把莉迪亚日常举止失体的地方都告诉父亲，暗地里让父亲阻止她。

贝内特先生却认为莉迪亚到百里屯去可以受些教训，而没有财产的她，再坏也是坏不到哪里去的。最终莉迪亚还是跟着弗斯科太太去了百里屯。

Step 5

　　7 月的时候，伊丽莎白如约跟着加迪纳夫妇开始了惬意的德比郡夏日旅行。

　　德比郡有一个小镇叫蓝白屯，加迪纳太太曾经住在那里，而离蓝白屯不到五英里有一处著名的彭伯里庄园，是达西住的地方，加迪纳夫妇提出去参观。伊丽莎白担心会遇到达西，不免尴尬，后来得知达西并不在家，便放下了心。

　　来到彭伯里的庄园，一位端庄礼貌的管家奶奶带着他们四处参观，言谈中一直称赞自己的小主人。她说达西是个脾气好、度量大的孩子，跟老达西先生一样体贴穷人。

　　参观结束之后，伊丽莎白一行人告别管家奶奶准备离开，他们穿过庄园的草地时，在一条河边遇到了达西。

　　伊丽莎白慌张得不敢抬头看他，闯到这里让达西发现，使她感到很窘迫。但其实达西也是心慌意乱，他沉默着站了几分钟，突然又像是定了一下心，这才告辞而去。

　　没有想到的是，伊丽莎白在回旅店的路上又碰到了达西。她同达西走在一块的时候，达西告诉她，自己的妹妹想要认识她，问她是否愿意赏脸。这让伊丽莎白受宠若惊，不知如何回答才好，但她立刻意识到达西小姐想要认识她无非是出于哥哥的怂恿，这一点，让她感到满意。

两人走在草地上，大谈特谈马德洛克和葛沽的景色，很是投机。不过，这场知心密谈还没结束的时候，伊丽莎白的心就已经凉了。

　　回到蓝白屯的当天上午，伊丽莎白从窗口看到了达西带着妹妹来访。她开始坐立不安，怕达西在妹妹面前将她捧得太高。她越是想要讨人喜欢，反而越是担心自己没有讨人喜欢的本领。

　　达西小姐身材比伊丽莎白大一号，却也是谦和文雅，讲话不多。

　　不一会儿，宾利也到了。他对这次重逢表现得很喜悦，容貌谈吐跟以前一样和善可爱。伊丽莎白见他总是谈起跟简有关的话题，便知道宾利对她姐姐依然旧情难忘。

　　伊丽莎白望向达西，他看上去那么亲切，丝毫不显得高傲，不仅对自己礼貌周到，对她的亲戚也是。她从没见他有过这样极力想要讨好别人的神情。

　　想到自己曾经意气用事地拒绝并错怪过他，他却不计较，曾经那么高傲的一个人，愿意为了爱而改变自己的不足，这些都深深地打动了伊丽莎白的心。

　　回到蓝白屯的第三天，伊丽莎白终于等到了姐姐的来信，信上说了一件出人意料极其严重的事。妹妹莉迪亚与维汉私奔了。简说家里乱成一团，她希望伊丽莎白能找到舅父帮忙。

　　伊丽莎白看完信后脸色苍白，急匆匆地准备去找舅父，刚好在门口遇到达西。达西看到她慌乱的神情，便安排用人去找加迪纳夫妇，自己留下来照顾伊丽莎白。

　　伊丽莎白难过得直掉眼泪，将妹妹与维汉私奔的事说了出来。达西又惊讶又痛心，在房子里踱来踱去地默默思考着。伊丽莎白看到他这副愁容，心想自己家的丑闻只会让达西越来越看不起自己，她觉得两个人已经没有可能了，这时才第一次感觉到自己是真心真意地爱上了他。

加迪纳先生了解了事情的原委后，便即刻收拾行李前往朗博恩，三人终于在第二天中午到达。

可去伦敦寻找莉迪亚的事情毫无进展，而且现在整个麦里屯的人都在说维汉的坏话，说他在当地每一个商人那里都欠下一笔债，说他诱骗妇女。听到这些，伊丽莎白和简的心都凉了。

贝内特先生从伦敦回来两天后，加迪纳先生发来一封信，说他找到了莉迪亚和维汉，他们没有结婚，也看不出维汉有想要结婚的念头。但是如果贝内特先生每年给他一百镑，他便答应结婚。

加迪纳先生思虑再三，代贝内特先生答应了要求，希望贝内特先生能授予他全权处理这件事情的权利，让莉迪亚出嫁是目前最好的选择。贝内特先生答应了。

贝内特太太知道莉迪亚要结婚之后，病即刻痊愈了。她没有考虑女儿能否得到幸福，也没有因为她行为失检而觉得丢脸，只是迫不及待要出门，把这件事情告诉所有人。

Step 6

伊丽莎白很后悔将妹妹的事告诉达西，她觉得这下两人之间更像是隔着一条跨不过的鸿沟了。

她慢慢发现，达西无论是个性还是在对她的理解方面都是一个百分百适合她的男人。虽然脾气和见解并不完全相同，但一定会让她称心如意。

维汉和莉迪亚在伦敦举行过婚礼后回了朗博恩一趟，只有贝内特太太满脸笑容，贝内特先生板着脸，姐姐们也都焦急不安。

伊丽莎白觉得发生了这种丑行，妹妹心里一定很难受。然而让人生气的是，莉迪亚还是那个莉迪亚，不安分不害羞，撒野吵闹，天不怕地不怕，维汉则始终一副安然自得的样子。

莉迪亚和姐姐们说起结婚的情形时偶然透露了达西参加那场婚礼的事情。伊丽莎白惊讶极了，想不通达西怎么会参加妹妹的婚礼。她写信给舅母，希望她能够解答这个疑问。加迪纳太太很快就回信了，说了整件事的来龙去脉。

达西在得知事情发生的第二天，就动身去找维汉和莉迪亚。他在城里周旋了好几天，终于打听到维汉的地址，第一件事就是劝莉迪亚改邪归正，赶快回家。结果莉迪亚不肯丢下维汉，坚信两人会结婚。但达西发现维汉并没有结婚的打算。

达西为了让维汉与莉迪亚结婚，出了很大的力，他约维汉见面，维汉却只是漫天要价。协商多次，他终于答应了一个合理的数目。

加迪纳太太在信上对达西赞不绝口，也认为达西这么做有一部分原因是因为伊丽莎白。伊丽莎白在看了这封信之后百感交集，她没有想到达西会担起这一切的麻烦，为一个他曾鄙视的女人求情，同一个他极力回避的人常常见面，同他讲理，最后还得贿赂他。

时间一晃，维汉和莉迪亚离开的日子到了，他们将前往纽卡斯尔。而这时，有一个好消息传来，那就是内斯菲尔德庄园的主人要回来了。伊丽莎白不知道怎么跟姐姐说，宾利此行其实是对简未能忘情，却又怕给姐姐无谓的希望。

宾利先生回来的第三天，前往贝内特府上拜访，达西也一起来了。姐妹两人都坐立不安，各有担忧。

伊丽莎白坐在一旁专心做针线，竭力装作很镇定，并大胆地瞄了达西一眼。只见他神色和往常一样严肃，不像他在彭伯里那么轻松，可能是因为在她母亲面前的关系吧。

简见到宾利的时候，脸都涨红了，不过她还是表现得从容不迫，落落大方，既没有显出一丝怨恨，也不过分殷勤。

宾利则又是高兴又是局促不安，刚进来的时候不大跟简说话。不过不久就越来越殷勤，他发觉简还是像去年夏天一样漂亮，只是不像去年那样爱说话。

直到两人再次来到家里吃饭的时候，宾利对简再一次流露出了爱慕之意，这态度真让人高兴。而达西依旧很少讲话，贝内特太太对他的态度也很敷衍，这让伊丽莎白很难受。

她一心盼望着能跟达西交流，但两个人一整天都没有机会好好说话，不免让她兴致索然。和妹妹不同，简一整天都过得很高兴。

之后，宾利频繁地来府上拜访，大家没有丝毫不快。宾利样样都讨人喜欢，即使贝内特太太在晚间的家庭聚会上说了很多不知分寸的话，他都不动声色，很有耐心地听着。

晚上伊丽莎白下楼，看到简和宾利一起站在壁炉前谈得正起劲。看到伊丽莎白后，他们便坐下来一言不发。

伊丽莎白正要走开，只见宾利突然站起来，跟姐姐悄悄说了几句话便跑出去了。简激动地抱住妹妹，满脸愉悦地承认自己是天底下最幸福的人，伊丽莎白向她道喜后，简立刻跑去将这件事情告诉了母亲。

整个晚上贝内特一家都很愉快，此后，宾利每天都会来报到，他总是早饭也没吃就赶来，一直待到吃过晚饭才走。

而关于之前宾利不告而别的事简也知道了真相，这位善良的姑娘不记仇，谁也没有责怪。

Step 7

　　在简和宾利订婚后的一个星期，凯瑟琳夫人突然来到贝内特家。她表现得非常没有礼貌，故意找了个理由让伊丽莎白单独陪她去小树林里散步。

　　凯瑟琳夫人气愤地说自己知道了伊丽莎白和她的外甥达西订婚的消息。她认为这是无稽的流言，并表示已经闹得满城风雨，要伊丽莎白去向大家辟谣。

　　伊丽莎白觉得吃惊又深感厌恶，她有理有据地指出凯瑟琳夫人话中的不合理，拒绝了凯瑟琳夫人提出的让她答应永远不和达西订婚的无理要求。

　　凯瑟琳夫人离开之后，伊丽莎白一直心神不安。她无从想象她和达西要订婚的谣传是怎么来的，自己和达西在一起这件事情只不过有几分希望而已。

　　早上，贝内特先生收到一封信，他叫住伊丽莎白，原来信上写的是关于她的事。这封信是柯林斯写的，他说如果达西向伊丽莎白求婚，让他们不要答应。因为凯瑟琳夫人不会同意这门婚事，贝内特家门户低微，两人结婚有失体统。

　　贝内特先生一点也不相信达西和伊丽莎白有在一起的可能。因为之前，达西完全没把他女儿放在心上，而他女儿又对达西厌恶至极。

几天之后，达西和宾利来访，一行人出去散步。等到单独跟达西在一起的时候，伊丽莎白鼓起勇气跟达西说话，她感谢他为莉迪亚所做的一切。

达西自然没想到她会知道，他说这么做更多的是希望伊丽莎白高兴。接着，他告诉伊丽莎白自己的情感，并让伊丽莎白老实告诉自己她的心情是否还和 4 月一样。

伊丽莎白吞吞吐吐地说，听到他告白的时候，她的心情已经起了很大的变化。现在她很愿意以愉快和感激的心情来接受他的爱慕。

说起来，双方之所以能有这样的结果，反倒要归功于凯瑟琳夫人。她见过伊丽莎白回去之后，就把来朗博恩所发生的事情一字不差地告诉了达西。本想让达西因此而看不起伊丽莎白，没想到却起了反效果。因为达西了解伊丽莎白的脾性，如果她当真讨厌自己一定会当面显露出来，但她没有，这让达西看到了希望。

晚上，伊丽莎白把这些话告诉简时，简完全不肯相信，因为她知道妹妹一度很讨厌达西。在伊丽莎白将个中曲折和感情变化都详细说了一遍之后，简总算放心了。她相信妹妹会做出让自己幸福的选择，很为妹妹感到高兴。

第二天早上散步的时候，达西和伊丽莎白约定，下午就去请求贝内特夫妇的同意。达西去见贝内特先生，伊丽莎白一直很担心，直到他面带笑意地回到她身边才松了一口气。

接着，伊丽莎白被叫到父亲的身边，父亲严肃又焦急地问她为什么会选一个自己一向很讨厌的人。伊丽莎白告诉父亲，自己爱上了达西，又讲了达西很多好话来消解父亲的疑虑，并且将达西帮助莉迪亚的事情也说了出来，贝内特先生终于放下了心。

贝内特太太两个最疼爱的女儿出嫁的那一天是她生平最高兴最得意的一天。而后来她所有的女儿都得到了归宿，这是她生平最大的愿望。她后半辈子也因此变成了一个头脑清晰、和蔼可亲、颇有见识的女人，虽然有时还是神经衰弱大惊小怪。

而贝内特先生非常不舍二女儿伊丽莎白的出嫁，经常到彭伯里去看她。对于经常不肯外出做客的他，这是让人意想不到的。

宾利和简只在内斯菲尔德庄园住了一年，后来在德比郡附近买了房子，两姐妹相隔不到三十英里。

吉蒂最受实惠，大部分时间都待在两位姐姐家里，加上有家里的管教，比以前大有长进。曼丽开始跟外界多了一些接触，不过她仍然习惯用严肃的道德角度去看待每一次的外出做客。维汉和莉迪亚没有任何改变，他们收入少又挥霍无度，两人常常依靠着姐姐的接济度日，生活难以安定。

到这里，《傲慢与偏见》的故事就结束了。

简·爱·我唯一不能丢弃的东西是自尊

『不论多爱、多在意，
都要追求「平等」。』

英国文学神话"勃朗特三姐妹"之一夏洛蒂·勃朗特的代表作，英国卫报十大青少年必读书，高票入选BBC人生必读的百部经典。一部关于自由、尊严、爱情和幸福的浪漫传奇。

Step 1

　　简出生于一个贫穷的牧师家庭，父母相继去世后，舅舅收养了她。虽然舅妈里德太太打心眼里瞧不起她，但有舅舅的精心呵护，简过得很开心。

　　但好景不长，舅舅过世后，舅妈待她很差，并纵容自己的孩子欺负瘦弱的简。

　　这天，简又被舅妈从客厅赶了出来，她躲到窗台上，用绯红色窗幔遮挡住自己，专注地阅读着一本书。但这样的静谧很快就被打断了，舅妈的宝贝儿子约翰一边谩骂着简，一边狠狠地搡了她，强调简是一只"耗子"，没有资格动这些书，并要求她滚到门边去。

　　简照做了，但当她走到门边时，才知道约翰的用意：约翰举起厚厚的书，用力地朝简扔过来。简应声倒下，脑袋撞到门上，鲜血淌了出来。这一举动让简感到愤怒，她忍不住骂约翰是个"恶毒残暴"的孩子，并和他扭打起来。

　　舅妈里德太太很快就来了，她让用人们把简捉住，关到楼上的"红房子"里去。

　　红房子是里德家一间空余的卧房，一张床醒目地摆在床中央，屋子里没有生火，又远离厨房客厅，显得很是凄冷。最让简感到害怕的，是她的舅舅里德先生正是在这个房间里咽气的。因此，她总觉得这里始终弥漫着阴森森的祭奠氛围。

简一个人待在漆黑的房间里，她那蓬勃的想象力再一次起航，幻想出许多不存在的事物。这让她感到莫名的恐惧。

但此时，她的情绪依然是愤懑不平的。

"为什么我总是受苦，总是遭人白眼，永远受责备呢？为什么我永远不能讨人喜欢？为什么我尽力博取欢心，却依然无济于事呢？"

约翰和他的姐妹，做了那么多坏事，但因为他们是少爷和小姐，就都能被原谅，而自己不过是为了免遭进一步无理的殴打而反抗，却被责骂和惩罚。

尚不到能知世事的年纪，简就体会了许多人情冷暖、世态炎凉。也是在这里，她明确了一个事实，那就是她和里德一家格格不入，更不可能有归属感。

简知道，自己只是一个普通的孩子，既不够聪明，也不漂亮，更不会讨好他人，甚至，她逝去的父母还是贫穷、没有地位的，这一切，都足以成为所有不满的源头。

简想起了死去的舅舅，她知道，里德先生要是还在世，一定会对自己很好。

恰好在此时，房间墙壁上闪过一道亮光，神经紧张的简，越来越恐惧。最后，她禁不住发疯似的冲到门口，拼命地摇门锁。

但无论简如何求饶，里德太太都不予理会。最后，惊吓过度的简昏了过去……

当简再次醒来时，发现自己已经不在红房子里了，劳埃德医生正在床边看着她。医生的出现，让简的人生轨迹有了变化。

劳埃德医生不相信仆人对于简生病只是因为摔了一跤的说辞，

便趁仆人去吃饭时，细细地询问简，由此知道了她在这个家里的处境并不乐观。

"你想上学吗？"医生问道。

再三思考后，简回答道："我真的愿意去上学。"

从未离开过家的简，从女仆言谈中知道学校是一个可怕的地方：年轻女子坐的时候需要上足枷。加上约翰成天咒骂老师，对学校恨之入骨，简脑海里的学校并不是一个快乐的、求学的地方。但她太渴望离开里德家了。在她看来，上学意味着彻底变换环境，能够和里德家完全决裂，并踏上新的生活旅程。

所以，哪怕脑海里对学校有那么多的负面印象，她依然更愿意离开现在糟糕的环境。

Step 2

　　三个月后的某一天，里德家有客人来访。简在客厅看到一个身材笔直瘦小、长相凶神恶煞的陌生人——罗沃德学校的校长，布罗克赫斯特先生。

　　在客人面前，里德太太依然恶毒地中伤简，说简是一个爱说谎的孩子，让校长多多提防她。这让简感到很无望，或许之后的校园生活也不能如她想象中那般顺利美好了。

　　送走校长之后，简看着这个和自己有亲戚关系、却无半点情意的舅妈，想起刚刚那些充满恶意的话，心里又难过又愤怒。简对里德太太说："今生今世我再也不会叫你舅妈了，长大后我也不会来看你。你对我的冷酷简直到了卑鄙的地步。"

　　四天后，简孤身前往罗沃德学校。但她并不知道，等待自己的将是另一种艰苦生活。

　　罗沃德学校并不是一所学习的殿堂，而且这里也充斥着各种心机和苦难。作为一所半慈善性质的学校，这里的孩子都是孤儿，孩子的亲友每年支付十五英镑，剩下的费用则由附近的人捐款凑齐。

　　寒冷的冬天，姑娘们没有足以御寒的衣服。每天清晨起床，都要忍受刺骨的严寒，六个人共用一个脸盆，轮流用冷水洗漱，因此，她们手脚都长满了冻疮。

　　她们也没有足够的食物。简第一天到这里时，晚饭只有一个薄薄的燕麦饼，被平均分成几小块。饮用水则是装在一个公用的大杯子里，每个人轮流喝一点。

然而，即使是这少量的食物，也常常令人难以下咽。

与此同时，学生们还要承受着精神上的负担。因为一些小事，就要被老师们责骂、鞭打，或是在教室里罚站。这些事，在简看来都是耻辱、伤自尊的。

简来到学校三个星期后，校长回来了。校长布罗克赫斯特先生先是安排了学校的一些事宜，又以不能让学生"养成骄奢纵欲的习惯"为由，教训了坦普尔小姐给学生增加食物的行为。

当他发现学生朱莉娅那一头自然卷的头发时，又以"要朴实简单"为由，强制剪掉她的卷发，并要求学校里的姑娘都不能留长发、梳辫子、穿贵重的衣服。

简一边听着他的训斥，一边担心自己，毕竟在里德家，舅妈曾诬陷自己爱说谎。恐惧使她的身子不自觉地往后靠，并拿起写字板尽量挡住自己的脸。没想到弄巧成拙，她手中的写字板突然滑落在地上，碎成两半，并发出了巨大的响声。

顷刻之间，所有人都朝她投来目光，校长也不例外。他命令简走到队伍中间来，但简已经吓得无力动弹，只能在老师坦普尔小姐的搀扶下，走到校长跟前，并被抱到一把凳子上站着。

校长清了清嗓子，开始百般诋毁简，说她"是一个爱撒谎的孩子"，是被上帝遗弃的孤儿，要每一个学生都提防她，不要学她，也避免和她进行交谈。还要求每一个老师都对她严加看管，注意她的行踪。

校长说完这些恶毒的话后，惩罚简在凳子上再站半个小时，并要求所有人在那一天剩下的时间里，都不要同她说话。

这对简来说，无疑是巨大的耻辱。众人的目光让她非常害怕，校长的这番话会让自己之后在这里的日子非常难熬，她还会不会有朋友呢？还能不能感受到来自世界的善意呢？

诚然，简不是一个完美的小孩，罗沃德学校里其他的姑娘，也并不完美。

一位名叫彭斯的姑娘学习能力强、记忆力非常好、课上专心致志，总是能够自如地应答老师提出的问题，但她却因为没有洗指甲和脸而被批评。而她没有洗脸的原因，是那天早晨天太冷，导致水结了冰，无法洗漱。

世界上并没有完美的人，也没有完美的事。就算彭斯的确不在意自己的个人形象，但她却并没有妨碍他人；而简固然存在着脾气比较坏的缺点，却也不曾做过什么坏事。但来自世俗的眼光和评论，却给这两个女孩贴上了"邋遢鬼"和"坏孩子"的标签。

Step 3

虽然简的境遇悲惨，但她仍然收获了人生中第一段纯洁美好的友情。

海伦是一个心地善良、喜欢读书的女孩。简在椅子上罚站时，她向简投来了温暖的目光和善意的微笑。惩罚结束后，简难过得躲进一个角落里，号啕大哭，海伦为她端来了咖啡和面包，并耐心安抚她的情绪。

两个人默默依偎时，坦普尔小姐过来邀请她们到她房间做客。

坦普尔小姐说，会根据简的表现来看待她，而不是只听校长的一面之词。简也在海伦的劝说下，克制地陈述了自己的经历。坦普尔小姐表示，会写信给劳埃德医生确认，如果简所说属实，她会公开澄清校长对简的诋毁。随后，她让用人端来热腾腾的茶和烤面包，并和两个小女孩一起分享了果子饼。用完茶点，海伦和坦普尔小姐侃侃而谈，简惊讶地看着她们，第一次感受到了知识的魅力。

过了不久，简的诋毁被彻底澄清了，她在学校里努力学习，成绩越来越好，和海伦的关系也越来越亲密。

但幸福的日子并没有持续多久。下一个春天到来时，罗沃德学校出现了严重的疫情，一半以上的学生都生病了，海伦也因此罹患肺病，被隔离在楼上的一个房间里。

这一天，大家都睡着后，简悄悄地来到海伦的房间。两个人依偎在狭窄的病床上，说着悄悄话。海伦知道自己不久将离开人世，她不害怕死亡，也不怨恨抛弃她另娶妻子的父亲。她觉得死亡是一种新生，相信上帝是慈悲的，也深爱着她。

互相道过晚安后，两个小姑娘抱着睡着了。第二天简醒来时，海伦已经离开了人世。

对此刻的简来说，海伦是她在这个世界上最亲密的伙伴。海伦的离世，对简的触动是巨大的。这不仅是因为海伦在简刚到罗沃德学校时，告诉了她关于学校的事，并且在孤独时陪伴她；更因为她们之间有着深入的思想和精神的交流。

海伦信仰着上帝，面对学校里严苛的规矩、教师的不公对待，她毫无怨言。她总是认为这一切都是"上帝对她的考验"，因此也总是在内心深处反思自己的不足，从不去抱怨和痛恨。

她曾和简探讨过关于"容忍"的问题。

面对老师的严厉责罚，海伦觉得那是因为自己的缺点所致，无可厚非。简却认为在大庭广众之下被惩罚，是很羞耻的事。海伦说："要是你无法避免，那你的职责就是忍受。如果你命里注定需要忍受，那么说自己不能忍受就是软弱，就是犯傻。"

对于简所说的"仇恨"，海伦也有着自己的看法："暴力不是消除仇恨的最好办法——同样，报复也绝对医治不了伤害。"

比起肉体的遭遇，海伦更注重精神的探索，认为堕落和罪过最终都会随肉身离开，能留下的只有精神的火花。

诚然，海伦是不完美的，过于善良柔软的心肠也未必是好事，但她对人世间的善意，对神的虔诚与敬畏，对朋友的支持和温暖，对知识的渴求，都让她如此可爱真实，也对简之后的成长起到了重要的影响。

她离开了这个对她颇有不公的世界，但在简的心里，她始终鲜活地存在着，活在简的成长轨迹里。

慢慢地，疫情退散了，但死亡的数字让民众关注起了这所学校，也发现了学生的糟糕处境。许多富人进行了捐助，孩子们的境况因此得到改善。

一晃，八年过去了。坦普尔小姐结婚后离开了学校，简也找到了工作——到桑菲尔德庄园给女孩阿黛勒当家庭教师。

作者用了大量的笔墨描写简的童年经历，把一个从小就寄人篱下的孤女悲惨的遭遇、坚强敏感的内心表现得淋漓尽致。简的无助、恐惧、愤怒和歇斯底里，无疑能唤起读者内心深处的同情和悲悯，这也是这本书引起广泛关注的原因之一。

Step 4

简初到桑菲尔德时，已经是夜里了，女管家费尔法克斯太太安排她享用了三明治和酒，而后便把简安排到客房，让她好好休息。

和蔼的女管家、熨帖的招待、舒适的房间，让简非常欣喜，觉得自己终于到了一个安全的避风港。

第二天，费尔法克斯太太领着简参观了桑菲尔德庄园，事无巨细地介绍这里的情况。她强调自己只是一名管家，为外出旅行的真正的主人罗切斯特先生看管这里的一切。

简俯瞰桑菲尔德庄园美丽的景致，觉得非常的高兴。但这时，在一条暗黑的楼梯尽头，有一间仅有一扇小窗的房间，传来一个女人古怪、悲哀的笑声，简觉得，那是她听过的最悲惨、最不可思议的声音。费尔法克斯太太说那是一位仆人发出的，这个解释未免有些牵强，简隐隐感觉到桑菲尔德庄园里有秘密。

在桑菲尔德庄园当家庭教师的日子，简过得很开心。管家费尔法克斯太太温和善良，学生阿黛勒活泼单纯，除了偶尔会听到怪笑声，她的生活顺利而平静。

第二年的某个下午，阿黛勒因为生病请假，简又觉得总是待在书房很无趣，便自告奋勇地帮费尔法克斯太太寄信。

在路上，简遇到了一位骑马摔倒的男人——这位在她生命里一开场便摔得人仰马翻的先生，正是桑菲尔德庄园的主人罗切斯特。

第二天傍晚，罗切斯特邀请简和阿黛勒一起到休息室共用茶点。在简看来，罗切斯特是个性格忧郁、喜怒无常的人，一开始对她的态度很傲慢，在一起用茶点后一言不发。直到费尔法克斯太太打破沉默，他们才就阿黛勒的课业有了些许交流。

第一次正式的会面算不上愉快。简从费尔法克斯太太口中得知罗切斯特脾气古怪，既有天性使然，也有后来痛苦的经历所致。但除了透露罗切斯特曾与家庭决裂，有过一段漂泊不定的生活外，费尔法克斯太太没有说出其他原因。

后来的几次交谈，罗切斯特讲述了关于阿黛勒的故事。

原来，罗切斯特曾钟情于一位法国歌剧演员，那位女演员也表示会将他视为偶像——尽管罗切斯特长得丑。这让罗切斯特受宠若惊，尽己所能给予女演员最好的一切。但某一天他发现女演员和其他男子幽会，还在背后辱骂中伤自己。

嫉妒让罗切斯特失去了理智，他把女演员赶出房子，并和那位男子的决斗，在对方的胳膊上留下了一颗子弹。但事情到这里并没有结束。那个女演员在六个月后诞下一个女婴，一口咬定这是罗切斯特的女儿，并在几年后遗弃了这个小女孩——也就是阿黛勒。

罗切斯特从没有承认过自己是阿黛勒的父亲，但依然选择把她带回桑菲尔德府，让她健康成长。

得知这一切，简心中生起同情之心，慢慢地也理解了他的古怪脾气。她没有想到，当天夜里，自己就救了罗切斯特一命。

半夜，楼上又传来怪笑，简一直无法安睡。她听到门外有声音，决定披上外衣去找费尔法克斯太太。结果一出门就发现空气中有焦臭味，而罗切斯特的房门半掩着，团团烟雾从里面冒出来。

　　简赶紧跑到他房间里。只见火舌包围着床，而罗切斯特正在熟睡。简拿起脸盆和水罐里的水，奋力往床上泼去。罗切斯特醒了，他感谢简救了自己的性命，但却阻止她去叫醒其他人。

　　简回到自己房间后，彻夜难眠，她实在无法理解，为什么有人想要谋害罗切斯特的性命，他却不声张、不责怪？

　　这一切都让简更加疑惑不解，桑菲尔德庄园究竟有着怎样的秘密？

Step 5

罗切斯特的卧室莫名起火，却并没有在桑菲尔德庄园里引起波澜。被视为纵火者的女用人普尔，也没有受到任何惩罚。这一切都让简感到诧异。

不过，最让她挂念的是罗切斯特。距离卧室起火已经过去了十多天，简渴望和他见面。这其中既有对起火这件事的好奇，也有不知不觉中对罗切斯特产生的某些情愫。

几天后，罗切斯特带回了几位客人，其中一位英格拉姆小姐，她外表美丽，家产丰厚，重要的是尚未出嫁。他们经常一起演奏，或者在晴朗的日子出门远足。那段时光，是桑菲尔德庄园最欢快的日子。但简的内心却很煎熬，她意识到自己已经爱上了罗切斯特，但罗切斯特的目光，却完全被英格拉姆小姐所吸引。

过了一段日子，一位名为梅森的客人来庄园拜访罗切斯特。当天晚上，简再一次听到了可怕的尖叫声，她头顶上的房间还传来挣扎打斗的动静，以及数次"救命"的呼唤。但很快，罗切斯特便以一位仆人做了噩梦为由，安抚了所有被吵醒的客人。之后，他找到简，请她前来帮忙。简带着诧异和恐惧，帮助罗切斯特护理受伤流血的梅森，但她对于发生了什么事依然一无所知。

第二天，简收到消息，她的表哥约翰去世了，舅妈里德太太卧病在床，希望能再见简一面。简决定回去里德家一趟。

罗切斯特要求简只能离开一星期，但简却离开了一个月。她不仅与彼此厌恶多年的舅妈有了一次交谈，还帮助两位无耻的表姐张罗了葬礼。

再次回到桑菲尔德庄园时，简从管家那里得知，罗切斯特已经在准备婚礼的事宜了。简想，自己真的应该离开了，但她仍会在心里默默祈祷，希望离别日子不要太早到来。

一天夜里，简独自在花园里散步，并在那里偶遇了罗切斯特。

得知简打算离开后，罗切斯特便说要把她介绍到国外的一个家庭当教师。可简一想到要和他相隔那么远，就感到悲伤和难过。不知不觉中，她袒露了真实的情感："我已经熟悉你，硬要我同你永远分开，我感到恐惧和痛苦。我看到非分别不可，就像看到非死不可一样。"

但这时罗切斯特却劝说简一定要留下来，他说自己并没有想和英格拉姆小姐结婚，所做的一切不过是为了试探简对他的感情。

罗切斯特不敢确定简是否爱他，便处心积虑地导演了这出戏，借助英格拉姆小姐的出现，来观察简是否痛苦、有没有吃醋。但对于简来说，这种试探让她非常愤怒。

难道就因为我一贫如洗、默默无闻、长相平庸、个子瘦小，就没有灵魂，没有心肠了？我的心灵和你一样充实！我不是根据习俗、常规，甚至也不是以血肉之躯同你说话，而是我的灵魂同你的灵魂在对话，就仿佛我们两人穿过坟墓，站在上帝的脚下，彼此平等——本来就是如此！

简的这段话，可谓是振聋发聩，无论是那个时代还是在当下，都是无数女孩所期待成为的模样：自尊自爱、不卑不亢。或许这也是罗切斯特这样一个曾浪迹天涯、见识过无数美女的中年男子，会爱上简的原因吧。

但这份爱也是不讲道理的、蛮横的、充满谎言与试探的。在袒露完一切后，罗切斯特苦苦哀求简一定要留下，并希望她能成为这座庄园的女主人。喷薄而出的感情，让他的表白既动人，又有些偏执和狂乱。

Step 6

简是爱罗切斯特的，不然也不会因为他要结婚而难过。所以，她决定跟随自己的心，接受这份爱，接受罗切斯特的求婚。

但在婚礼前夜，却发生了一件蹊跷的事情。简在朦胧中看到一个苍白的、面目可憎的女人在镜子前披戴简的婚纱，并把洁白的面纱撕成两半，扔在地上。随后，女人还把蜡烛举起来，在简的眼皮下把蜡烛吹灭。简吓得昏了过去，再次醒来时已是白天，虚弱的简难以分清那恐怖的一幕究竟是现实，还是噩梦。

罗切斯特认为这些都是简的梦境，但当简提到面纱确实被撕坏扔在地上时，他又改口说这一切都是那位神经质的女仆普尔所为。

最终，简在罗切斯特的安抚下恢复了平静。几个小时后，婚礼在教堂里正式开始。

当牧师问罗切斯特是否愿意与简共度一生时，一个清晰的声音突然响起来，说婚礼是无效的。这时，关于桑菲尔德庄园的秘密才彻底被解开。

原来，罗切斯特在十五年前就已结婚，而他法律意义上的妻子，是一名家族遗传病患者。罗切斯特当年被半哄半骗地娶了她，却没料到妻子很快就发病，成为一个疯子。之后，便一直关在庄园的那个小房子里。

这一切都让简感到孤独无措。但简毕竟不是没有主见的小姑娘，短暂的惊慌后，她决定离开桑菲尔德，离开罗切斯特。理智如她，知道自己和罗切斯特之间横亘着法律这一重障碍，无论对方怎样表达自己浓烈的爱，这一事实都是不可改变的。

在一定程度上，简就是作者夏洛蒂本人的缩影。

夏洛蒂五岁时，母亲便过世了，父亲没有精力和金钱抚养她，只能把夏洛蒂和两个姐姐送到简陋的寄宿学校。她在那里挨饿受冻，被老师责罚嘲讽。两位姐姐的早逝，也让她受到重创。

夏洛蒂在那里度过了凄惨的十年，之后来到了温暖的罗赫德寄宿学校。在这里，老师们温柔可亲，同学们善良友善，夏洛蒂感受到了久违的温情。也许正是因为现实人生太痛苦、太难熬，夏洛蒂才会在小说里讲述一个相对幸福的故事来寄托自己的期望。

再回到这本书。在我看来，简离开桑菲尔德庄园后，故事基本就结束了。之后的情节更像是夏洛蒂的一种向往，一个完成不了的梦。

简离开了桑菲尔德庄园，经过一系列波折，最终留在了荒原上的一座房子里。在房子男主人——牧师圣·约翰的帮助下，简成了当地一所小学的教师，拥有了一间属于自己的小屋，开始了新的生活。

一天，圣·约翰给简带来了一个消息，简的叔父去世了，并给她留了两万英镑的遗产。而简的叔父，也正是圣·约翰的舅舅。简不愿意独占这笔钱，她为自己在这世上还有亲人这件事感到高兴，并决定将这两万英镑平分成四份，平分给圣·约翰和另外两个表姐妹。

拥有足够的金钱后，圣·约翰打算去印度传教。临行前，他请求简嫁给他，和他一起去印度，而理由只是简适合做一位传教士的妻子。简果断地拒绝了他，她做不到因为"合适"，就放下对爱情的向往和对精神结合的期待，与一个不爱自己的人以夫妇相称，到一个遥远的国度，过此一生。

Step 7

拒绝了圣·约翰后，简决定回桑菲尔德看看那个心爱的男人。一路上，简思绪万分，越是靠近那里，越是感到忐忑和害怕。但当桑菲尔德映入眼帘时，简惊呆了。

桑菲尔德庄园倒塌了。黑森森的残骸诉说着这里发生过大火的事实。

询问了附近旅店的老板后得知，罗切斯特的妻子趁看管仆人不备，放火烧了这里——房子、财产全都烧光了，罗切斯特也在大火中受伤，失去了眼睛和一只手。

得知这一切，简心如刀割。在旅店老板的指引下，她来到了罗切斯特栖身的庄园。

她向罗切斯特提出想留下来陪伴他的想法，却遭到拒绝。但最终，罗切斯特还是跟随了自己深爱简的内心，同意她留下了。故事的最后，简和罗切斯特结婚，过上了幸福的生活。

虽然更希望故事能够在简离开桑菲尔德庄园后就画上句点，留给读者更广阔的想象空间。但还是觉得，哪怕有这样那样的瑕疵，这本书依然堪称经典。

在简生活的时代，女性依靠自己的才华或劳动自食其力，是一件"违背女性气质的事"，这样的女人，是会遭受歧视的。这也是明明简依靠自己的能力养活自己，却仍会被上流阶层嘲笑的原因。

但不论是故事里的简，还是故事外的夏洛蒂，都没有因此放弃努力。

简在很小的时候就知道自己在容貌、身材上没有任何优势可言，于是一直在寻找摆脱困境、自我蜕变的机会。她不断地学习，让自己的内心逐渐丰盈起来。

简是自卑的，但是她从来没有陷于自卑的泥淖，而是不断地摸索，寻求蜕变。

她做到了，也指明了一个人想要蜕变的方式，就是不断学习、丰富自我，以及不论多爱、多在意，都要追求"平等"。

简是一个独立到有些"自我"的人，但她所说的一些话，却对当下每一个女性甚至男性，都有参考价值。

简知道圣·约翰求婚的目的并不是出于爱，而是因为自己能够对他的传教事业有所帮助时，简说："如果我生来不是为了爱情，那么，也生来不是为了婚配。"

她不物化自己，知道自己的价值并不是成为他人手中的一件工具，而是成为真正的我，去爱那个深爱的人，去做自己想做的事。

从文学本身来说，《简·爱》这本书是文学与通俗小说的完美融合。

在当时只以上流阶层的俊男美女为主角的通俗小说里，夏洛蒂别具一格地以一位孤女为主角。这样与众不同的角色设定，加上她与相貌平平、性格却很暴躁的罗切斯特恋爱的故事架构，亦是平庸时代里的一个突破。

作者在讲述这个故事时，采用了《神曲》式的艺术构架，让简经历炼狱的净化，最终达到了大彻大悟的理想境界。并熟练而精确地运用了气氛渲染、幻觉、预感等情绪化的描写，让整个故事都散发着寓言式的气氛，使读者在阅读中感受到激情和诗意。夏洛蒂反复引用的《圣经》和神话典故等，也加深了这本书的艺术内涵。

至少在它被创作出来的年代里，《简·爱》提出了更进步的思想和理念。这也正是经典之所以为经典，能够经受住时代的考验而流传至今的原因。

包法利夫人 · 爱与欲的煎熬

「失败的婚姻也许不全是人的过错，而是时代酿成的灾祸。」

蒋勋

直到《包法利夫人》的出现，小说里才有了女人真正的欲望！法国文学至高之作，在雨果把浪漫主义文学推向制高点之后，福楼拜用《包法利夫人》开创了现实主义小说的典范。

Step 1

　　福楼拜生于法国西北部鲁昂城一个世代行医的家庭，他的童年在医院度过，医院的氛围以及医生对病人、病理的研究与剖析深深影响了他，他把自己的人生观念、人生阅历、道德评价等主观概念与自己构造的文字世界进行天衣无缝的融合，从而使自己的文字达到"润物细无声"的境界，也许这便是他的作品给全世界读者带来深刻影响的原因。

　　《包法利夫人》是福楼拜的一部经典作品，这本书以一个乡村妇女的服毒自杀案事件为原型，时代背景就设立在创作同期——19世纪四五十年代。

　　1852年法兰西第二帝国取代了法兰西第二共和国，成为法国最后一个君主专制政权，资本主义在数次革命中得到了很大的发展，无论是工业还是农业都取得了很大的进步，此时的社会呈现出一派繁荣景象，某种程度上，《包法利夫人》充当了时代摄影机的角色，生动地向后人展现了当时社会发展的真实风貌。

　　《包法利夫人》主要讲述的是一位女性因为不满婚姻状态而出轨，最后破产自杀的故事。书中的角色都有各自鲜明的特色，下面向大家介绍其中五个主要角色。

　　包法利夫人，也就是艾玛·包法利，她出生在农家，父亲是传统的农夫，母亲已故。她有着姣好的容貌和玲珑有致的身材，在修道院里接受的是大家闺秀式的教育，所以在刺绣、钢琴、绘画方面都学有所成，而且烧得一手好菜。

在他人眼中，艾玛无疑是一位贤妻良母型的太太，但只有艾玛知道自己贤惠的外表下藏着叛逆又奔放的灵魂。婚后的她没有一天不在后悔错嫁了一个与自己灵魂完全无法契合的丈夫。

这位丈夫就是夏尔·包法利，一位二婚的乡村医生。他本性敦厚温和，在与艾玛共结连理之前，他曾顺从母亲的意愿娶了第一任妻子，但那位夫人却早早地病故。夏尔作为医生被请去为艾玛父亲治疗腿伤的时候，自然而然地被美丽的艾玛所吸引，亡妻的悲伤一扫而空。二婚之后，安分守己的他对艾玛言听计从，但却并不能满足艾玛对浪漫爱情的幻想，于是促成了艾玛寻找情夫的念头。

奥梅先生是永维镇的药剂师，但他没有营业执照，为了与包法利一家和平相处，从夏尔与艾玛刚搬来永维镇时，他就对他们表现出超乎寻常的热情。虽然奥梅知识广博，但其实是一个势利的小人，心里最大的愿望就是能够得到当局的认可，成为有头有脸的人物。

罗多尔夫是艾玛的第一任情夫，他是一名富庶的地主，在风月场里如鱼得水，可以说是一个多情的浪子。他利用风月诡计成功勾引艾玛，但日子久了就对艾玛产生了厌倦，他的傲慢与自负深深伤害了艾玛。

莱昂是艾玛的第二任情夫，是一名俊美的青年实习生。他比罗多尔夫更早认识艾玛，但道德的束缚和纯真的秉性让他不敢对艾玛吐露真心。后来在鲁昂与艾玛相遇时，他把压抑的感情和盘托出，同时也开始了与艾玛的偷情生活。

　　福楼拜在塑造人物上下了很大功夫，就连主角的名字都是经过千挑万选才敲定的。包法利"Bovary"这个姓氏的词根 Bov-包含"牛"的意思，给性格浪漫、追求华贵生活的艾玛取一个蕴含乡野文化的姓，这正是在暗示，包法利夫人终究难逃潦倒的命运。

Step 2

夏尔出生在一个并不富裕的家庭，但更不幸的是他有一个好吃懒做又毫无责任心的父亲。夏尔的母亲——老包法利夫人每天都生活在痛苦的泥淖之中。直到生下夏尔，她的希望才逐渐燃起。

在母亲的殷切期望下，夏尔成功考取了二战助理医师。事业尘埃落定后，老包法利夫人又给儿子物色了一位妻子——每年收入一千二百法郎的寡妇，并且坚信，只要娶了这个女人，夏尔就能过上富贵日子。但夏尔却不太满意这位妻子，因为她十分缠人，时刻怀疑夏尔的忠诚度，夏尔被她的无理取闹搅弄得心神不宁。

这时，一位小姐的出现让夏尔第一次体会到了爱情的悸动。她名叫艾玛，是一名农家女儿，长相不俗，体态优雅。在夏尔眼里，她就如钻石一般光彩夺目。在给艾玛父亲治疗伤腿期间，他常常寻着由头与艾玛搭话。即便艾玛父亲已经康复，他也没有停下从道斯特往贝尔托前进的脚步。

妻子很快便有所察觉，她的哭闹让夏尔不胜其烦，所以不得不暂停与艾玛的暧昧交往。

不合适的婚姻一定会走到尽头，而夹杂着谎言的婚姻更加走不长远。妻子的谎言很快就因为其财产保管人的出逃而暴露。原来她口中的豪华房产并不属实，那座房产连打地基的桩子都抵押给了别人，更别说用它来盈利了。

妻子因此郁郁寡欢，加上她本就体弱多病，不久后便猝然离世。

妻子的离去并没有给夏尔带来多大触动，在没有爱情的婚姻里，妻子之于夏尔只是一个同居的女性，仅此而已。

不久后，夏尔便向艾玛父亲提出要迎娶艾玛。艾玛父亲稍作考虑便准许了这门婚事。

婚礼当天，艾玛要求在半夜举行仪式，她享受一群亲朋好友在篝火包围中纵情欢乐的感觉，因为她骨子里是一个极度浪漫的少女。

这份浪漫还得追溯到她的求学时期。

她十三岁被父亲送入修道院，但修道院安宁祥和的氛围并不适合这个年龄段的孩子，所以她懈怠了修道院的功课，整日沉迷在神秘的圣画里憧憬未来的婚姻。

修道院的修女们不教女孩子们如何处理现实生活的实际问题，终日给她们灌输一切虚无的、与现实脱轨的婚恋观，这对三观正处于塑形阶段的孩子来说无疑是掺着毒药的教育。

而且孩子们接触到的歌曲、画册都充斥着空洞的浪漫风格，驱使着她们追求泡沫生活。而宗教一味地对孩子们的欲望进行压制而非疏导，这更加重了她们的叛逆心理。

艾玛已经是扭曲教育下的产物，幼时未能得到正确的引导，所以错误的教育影响了她的一生。

她期待的是浪漫主义小说中的爱情，她渴望和那些阔太太一样过上富足的生活，拥有轰轰烈烈的爱情。与夏尔结婚之后，她心中充满了疑惑，因为她并没有体会到书中所描写的婚恋之美。

当艾玛在思考爱情真谛的时候，夏尔在干什么呢？

婚后的他容光焕发，沉浸在婚姻带给他的幸福之中，他对艾玛的爱与日俱增，看她的时候就像在欣赏米开朗琪罗的艺术品，他唯恐明天的自己比今天的自己少爱艾玛几分。

夏尔不知道，这段感情在婚后不久就变成他一人的独角戏，他痴痴的爱只感动了自己，却并没有打动艾玛。

夫妻二人截然不同的婚姻体验是悲剧的前奏，他们在不同成长环境下形成的性格是造成悲剧的源头，往后的日子里，现实会接二连三地甩艾玛几记耳光，让她对夏尔的期待彻底被磨灭。

Step 3

9 月末，夏尔的一位侯爵病人邀请包法利夫妇去沃比萨尔参加宴会。

宴会上，艾玛似乎从侯爵和他的贵族朋友们身上看到了当年小说里那些主角的模样，古堡、大餐、男士的燕尾服和女士的礼裙……这一切都是她自年少时期就梦寐以求的。

可这次宴会就像灰姑娘的酒会，梦幻但短暂。第二天，艾玛就褪下华服，回到小镇继续日复一日的无趣生活。

站在窗前看风景的时候，她回想起宴会上邀请她跳舞的男士。他们相谈甚欢，有很多共同话题。但当脑海里的人变成夏尔时，艾玛就会产生从云端跌落谷底的绝望。

与伴侣找不到共同的兴趣爱好是一件很无助的事情。而神经大条的夏尔没察觉到妻子的愁容，心安理得地享受妻子无微不至的照顾，并没有试图走进她的精神世界。

艾玛那无人踏足的精神世界积了厚厚一层灰，整个心灵都是空虚的，这种空虚威力极大，它让艾玛不再绘画弹琴，不再做一切能点燃生活激情的事。她的身体也受到萎靡的精神状态影响，一天比一天羸弱。

夏尔不忍看到妻子日渐憔悴的模样，况且她已经有了身孕。所以夏尔决定举家搬去永维镇——一个比道斯特富庶很多的镇子。

在这里，艾玛认识了青年实习生莱昂。他长相俊美，年轻又有活力。他们常常从风景聊到音乐，再从音乐谈到阅读，就像分别已久的两条鲸鱼，穿越过长长的时光终于重逢。

艾玛因此重拾了生活的希望，身体也好了许多。日子过得飞快，一转眼艾玛的产期就到了，她生了一个女儿，取名白尔特。不过艾玛更希望这是个男孩儿——作为女性，她更能体会女性在社会上处于何等地位。

女性不能随心所欲地做自己，得时刻注重礼仪；在接受教育的时期需要在各方面提升自己，为成为一个优质太太做准备；鲜少能为事业拼搏，寻觅良配是人生中最重要的事……

时至酷暑，太阳烤蔫了花朵，也把人心煎熬得不像话。艾玛对莱昂的爱越浓，表面上就越是拒莱昂于千里之外。

这是一个怪现象，这种压抑的情感源于幼时所受的教育。艾玛在修道院时，修女们就教育她们要压抑自己的欲念，追求圣洁的灵魂。但人性在长期压抑后一旦反弹就会一发不可收拾，艾玛第一次产生了与莱昂通奸的念头，她知道自己的想法有多么可怕，所以她想在神父那儿得到主的救赎。

她找到镇上的神父，已经做好把自己全部恶念对神父忏悔的准备，但她无功而返。因为神父是农民出身，认为温饱高于一切，精神上的疾病均是无病呻吟，所以无法理解艾玛心中的苦闷。

莱昂感受到艾玛对他的抗拒，所以打算离开永维镇去鲁昂另找一份实习工作。

告别的时刻来临了，莱昂不知道艾玛心里有一个声音在吼叫，那声音振聋发聩，她多渴望莱昂带上她私奔！可是艾玛涨红了脸也没说出这句话，她与莱昂只是握了握手。

莱昂走后，沃比萨尔之行的后果重现了，艾玛又病了一场。

她对浪漫爱情的幻想又一次被拍碎，绝望占据了她的心灵，而夏尔只当她心情不佳。

我们只能尽最大可能体会她的绝望，却永远无法对那种情绪感同身受，因为那个时代太特殊，几十年间，法国政权易位频繁，在这种环境下成长的几代人能经历两种截然不同的社会氛围。

幼时的艾玛接受的是浪漫主义的熏陶，所以长大后她承受不住社会现实的变化。

这种理想与现实的脱节拉扯着艾玛的灵魂，在这等高压环境下还得照顾家庭，不得不说她的精神是坚强的，这份坚强复又给她镀上一层悲剧色彩。

Step 4

因为工作的关系，夏尔三天两头就得奔走各地医治病人，女儿白尔特在奶妈家养，所以平时只有艾玛与女仆人在家，家里总是空荡荡的，像极了艾玛的心。

不久，罗多尔夫的出现打乱了艾玛平静而无趣的日子。罗多尔夫是一个拥有多处房产和庄园的富裕地主，也是一个阅人无数的情场老手。艾玛被他吸引了，罗多尔夫也通过艾玛苍白的脸色推测出这是一个独守空闺的怨妇。

艾玛毕竟没有真正出轨过，在爱情方面她还显得稚嫩了些，特别是在罗多尔夫面前，她的一些小心思完全逃不过对方的火眼金睛。

罗多尔夫佯装成一个向往爱情却不得志的人，引得艾玛对他更好奇了，艾玛本以为像罗多尔夫这样的有钱人是不会有这方面的烦恼的。

艾玛渐渐放下心中的防备，因为罗多尔夫追求的已正是她所渴望的。艾玛心里升起一种欣慰，那是一种找到同类的欣慰感，这感觉让她安心地接受罗多尔夫的殷勤举止。

爱情离这个可怜的女人太久远了，以至于劣质的爱情来临时，她不假思索地就想接受，她饥渴的心迫不及待地想被爱情的雨露滋润。艾玛被罗多尔夫迅猛的攻势搅乱了心神，最终还是没有把持住作为人妻的底线，战战兢兢踏出了出轨的第一步。

我们不该责怪艾玛太愚蠢，她是个可怜人，一生都没收到过夏尔的几句恭维话，所以一遇到罗多尔夫这种油嘴滑舌的小人她就招架不住，半推半就地顺从了他。

艾玛是精神贫瘠的女性，浅薄的见识让她成年之后还做着落难公主的幻梦，期待有一天王子会来解救她，罗多尔夫就被她当成那个命中注定的王子。可惜她的爱错付了，这位"王子"爱自己比爱情人多得多，况且艾玛只是他众多情人其中之一，等到新鲜劲儿一消失，罗多尔夫又会去寻觅新的情妇，凭借他的财力和手段，要找女人可不是一件难事。

罗多尔夫把情人定义为玩物，各取所需是偷情的法则，他从未打算真心对待这种露水情缘，可艾玛动了真心，她想把自己系在罗多尔夫身边，这样就能日日与他待在一起。

谁都未曾怀疑过包法利夫人的行为，神经大条的夏尔更没有察觉婚姻已经出现了裂缝。

过于频繁的相会已经使罗多尔夫感到疲倦，他表现得越来越不耐烦，艾玛也感受到了罗多尔夫的冷淡，他的变化刺痛了艾玛的心，艾玛忽然开始检讨自己的行为，面对夏尔，她油然而生一种愧疚感。但这份愧疚没有燃烧多久就被接下来发生的事给浇灭了。

有一天，药剂师奥梅先生极力怂恿夏尔为镇上的马夫治疗跛脚，他鼓吹手术成功之后的好处：夏尔会名声大噪、财富会滚滚而来……艾玛也被说服了，他们一起做着功成名就的大梦。

夏尔没日没夜地攻读相关的医书，好不容易完成了马夫的手术，但没过几天就发生了病变，医学博士说马夫的腿要截肢。

这句话让包法利夫妇两眼一黑，这分明是在宣判夏尔的死刑。夏尔医坏了马夫的腿，那些名利钱财连同艾玛对夏尔的最后一点期待一块儿化成了泡沫消失在黑夜里。

艾玛下定决心把自己的一生托付给罗多尔夫。

当罗多尔夫听到艾玛提出私奔的计划时，对艾玛的厌恶更甚了。他一边在心里想着摆脱艾玛，一边在口头上答应艾玛会买私奔的车票。

可怜的艾玛做着和罗多尔夫私奔的美梦，并从商人勒乐那儿购买了许多远行需要的物品，根本不知道厄运正悄悄降临。

Step 5

　　狡猾的商人勒乐替艾玛添置私奔用品时狠狠敲了她一笔，他给艾玛提供物品却从不开口要钱，只等某天把累积的账单甩给艾玛，并提高物品价格以便赚取差价。

　　面对如此无耻的卖家，艾玛甚至找不到任何有力的辩词反驳，因为那些东西确实是她自愿购入，她没有收入，不得已只能把病人陆续给夏尔送来的诊费抵给勒乐以缓燃眉之急。

　　私奔的前一天晚上，艾玛在罗多尔夫面前表现得很亢奋，天真的她还没看出端倪，仍然相信罗多尔夫为她付出了真心，满心欢喜地等待约定时间的到来。

　　当晚，罗多尔夫一到家就开始写告别信。他们在一起的时间不算短，如果说对艾玛没有丝毫动心是假的，但深思熟虑过后的答案依旧不变。在利益的天平上，艾玛远不及财产和自由重要。

　　艾玛在约定好的时间没有等来接她的马车，只等来了一封冰冷的告别信。

　　她在阁楼看完信后，差点抑制不住自己想跳楼的念头，罗多尔夫的离去代表艾玛与他的风花雪月成了一个笑话，更可笑的是艾玛曾经把这个笑话奉为信仰。

　　还好夏尔的呼唤把艾玛的理智拉了回来，她没有寻死，可精神大受打击，身体突然痉挛，之后缠绵病榻四十多天，其间夏尔日夜不断地守候在艾玛身边。

我们知道，夏尔的形象在前期是被作者"弱化"的，我们可以说这个男人安于现状，在事业上懦弱无能，但在家庭里，他值得读者的掌声。

照顾艾玛的这一段情节是一个情感爆发点，相信大家读到这里，会对夏尔这个形象有更全面的了解，他并不是一个懦夫，也不愚笨。他不是因为愚蠢才发现不了艾玛接二连三的出轨，究其根本是因为他对艾玛太过信任。

夏尔付出了夫妻之间最难得的全部信任，而信任的来源是爱。

作者对艾玛内心的大段刻画让艾玛得到了读者们的充分同情，同时也让我们忽略了"夏尔不是艾玛痛苦的根源"这个事实。

婚姻是双方的，爱没有错，是艾玛的选择错了，夏尔也是悲剧的受害者。

夏尔对艾玛痴心一片，只是他不会送艾玛鲜花首饰，不会对着她说一些情意绵绵的话，也达不到艾玛所期望的那样功成名就。但他会在力所能及的范围内给艾玛最好的生活品质，无限地包容艾玛没有来由的脾气。

可惜艾玛看不到夏尔的爱，她最在乎的是金钱与名望，纵然夏尔有千般万般的优点，在她眼里也只不过是一个胸无大志的男人。可就是这样一个男人成了家里的顶梁柱，他苦苦支撑这个风雨飘摇的家庭，即使再辛苦也不曾埋怨过妻子。

家中的花销如一座大山压着夏尔，他没有办法安心工作，因为艾玛的健康占据着他的脑海。

这时，勒乐先生带着账单来向夏尔讨债。情急之下，夏尔不得不签下一张半年的借据，承诺会把这些物品的钱还上。刚签下借据，向勒乐借钱的想法便接踵而至，夏尔明言不在乎利息的高低，听到这话勒乐非常激动，立马取来一千法郎，心里欢喜地打着放高利贷的主意。

艾玛在勒乐那儿还有借款，这是夏尔所不知情的，他目前最在乎的是妻子的健康，为了让艾玛放松心情，他决定带艾玛去鲁昂看戏，巧合的是他们在鲁昂遇见了老朋友莱昂。经过长时间的分离，莱昂褪去了涉世未深的那份稚嫩，成了一个意气风发的小伙子，这样的他让艾玛移不开眼。

见到了莱昂之后，艾玛的病仿佛好了一半，她那颗死寂的心因为爱情蠢蠢欲动。身旁的夏尔没有注意到艾玛的变化，在莱昂挽留艾玛明日再看一场戏的时候，夏尔非但没有阻拦反而撺掇妻子留下，他希望妻子能彻底好起来。

Step 6

三年的时光改变了很多东西，唯一没有被时光腐蚀的是爱。

心动的感觉在艾玛和莱昂见到彼此时尽数寻回。那段被定义为遗憾的秘密情感在当下死灰复燃，他们在旅馆中互相倾诉当年未敢明说的感情，随后便自然地确立了情人关系。

之后，艾玛便绞尽脑汁地找借口往返永维镇和鲁昂。不过她觉得三天两头找由头去鲁昂不是长久之计，于是突然表现得对音乐极为上心，不顾家里拮据的境况，提出要去鲁昂学习钢琴。

面对艾玛，夏尔经常把理智抛在脑后，他把艾玛当作最亲密的人，所以舍不得怀疑她，狡猾的艾玛正是发现了这一点，才肆无忌惮地欺骗夏尔，利用他的爱达到自己偷情的目的。

为了有更多的钱为自己所用，艾玛在勒乐的唆使下偷偷变卖了公公遗留下的一处房产，但她没有立即用到手的现金还清之前的债务，而是留下一部分自用。她想让自己过得再宽裕些，所以再次向勒乐借了一笔钱。

艾玛俨然成了钞票的粉碎机，不断地跟勒乐借钱，像失去了理智的野兽，把本就穷苦的家庭啃食得鲜血淋漓。

艾玛从来不在意丈夫和女儿，她把所有精力花在莱昂身上，而此时的莱昂却对艾玛越来越不满。爱情的新鲜感很快褪去，艾玛和莱昂相互厌倦。

祸不单行，艾玛收到了一纸债务公文，上面写着：于二十四小时之内偿还全部的八千法郎，若不照办将依法制裁，扣押家具及衣物。

　　艾玛苦苦哀求勒乐宽限还款日期，但使出浑身解数也没能让勒乐松口，只能眼睁睁看着几个人把家中物品一件件清点、登记。而同时她支开了夏尔，想在夏尔知道真相之前为自己争取一些借钱的时间。

　　艾玛先找的是莱昂，但莱昂只是一个实习生，上哪儿弄这么一大笔钱呢？他谎称自己会向朋友借，接着就告别了艾玛。

　　接着她向富有的公证人求助，这个人是个好色的无耻之徒，他委婉地表达出用金钱换艾玛肉体的想法，吓得艾玛尖叫着离开了。

　　最后她只能把希望寄托在小镇的税务人身上，她希望税务人能够因她的恳求而心软，允许她缓付税款，但还是一无所获。

　　最后，一个男人的名字闪过她的脑海——罗多尔夫，她打定主意，这次就算出卖肉体也非得借到钱不可。然而罗多尔夫根本没有把往日的情分当作一回事，艾玛在他眼里连八十法郎都不值，更别说八千法郎了。

　　这回，艾玛真的走投无路了。她无法收拾自己造成的残局，也没有勇气面对夏尔，为了解脱，她选择自杀。

　　她吃下了奥梅老板放在配药室的砒霜，没有一丝犹豫。

　　年轻夫人的暴毙在镇上不是一件小事，但大家只是向夏尔表达了各自的惋惜，毕竟艾玛的死对他们的生活并没有多大的影响。

　　但夏尔不同，自己深爱的妻子无缘无故地服毒自杀对他来说是天大的打击，而且艾玛还留下了一笔巨大的债款等着他偿还，好在夏尔没有因为这些困难而倒下，他还有女儿需要照顾。

艾玛生前总觉得夏尔是一个懦弱无能的人，但夏尔始终扮演着家中顶梁柱的角色，只是艾玛一直没发觉真正无能的人其实是她自己，夏尔在这场婚姻中从头至尾都是退让的一方，而艾玛一直是"施暴"的一方，即使她已经离世，对夏尔的伤害依然没有结束。

夏尔在整理遗物的时候发现了艾玛全部的秘密，妻子出轨的事实对他产生了毁灭式的打击，在心魔的不断折磨之下，他伤心而死。

他们的女儿被送往姨妈家，进工厂做了纺织工人。不久之后，永维镇又恢复了往日的平静。

Step 7

在少女艾玛的想象中，理想伴侣需要兼具金钱与地位，还要集才华与美貌于一身，除此之外还得懂得如何为爱情保鲜。人无完人，艾玛的理想伴侣止步于幻想。

纵观她的一生，经历过的三段感情都没有好的结果，爱过的三个男人也有各自的优劣。

首先我们来谈谈夏尔。

夏尔不算是在爱中长大的孩子，在家庭中，他缺失了父亲的关爱，学校里，他是被欺负得最厉害的孩子。因为缺爱，所以他比一般人都更珍惜来之不易的感情。结婚之后，他自觉担起丈夫的责任，给予艾玛无限的爱与包容，也把全部的自我交付给了她。

夏尔没有像艾玛一样接受过贵族教育，也没有受到过浪漫主义思想的荼毒，所以他活得更加脚踏实地，也更懂知足常乐的道理。

但这也成了他与艾玛之间跨不过去的一道坎，他们思想上不够合拍，导致几乎没有共同话题。当艾玛抛出一个专业术语时，夏尔哑口无言；夏尔说着柴米油盐时，艾玛也懒得搭话。

夫妻间的沟通一旦缺失，家庭就会逐渐分崩离析，这就是他们婚姻失败的直接原因。

而根本原因不能简单地归咎于某一个人，是时代导致了悲剧的发生。

包法利一家是时代的一个缩影，艾玛的悲剧绝不只是个例，她代表的是那个时代中被有失偏颇的教育和畸形文化所扭曲的心灵。

　　病态的心灵不在少数，企图拯救他们的人却不知在何处，于是福楼拜愿意站出来，为这些时代受害者发声，虽然这位批判现实主义作家形单影只，但他的呐喊足以达到振聋发聩的效果。

　　在他的带领下，更多的作家开始关注现实，在声援底层民众的同时批判丑恶的资产阶级。

　　艾玛的第一位情人罗多尔夫就是这些作家要批判的典型，他是富裕的地主，对利益有着无与伦比的灵敏嗅觉，浪漫主导不了他的思想，在趋利避害的世界观里，理性才是他的最高法则。

　　这一点就能很好地解释为何他要抛弃艾玛，从根本上说，他和艾玛的思想并不契合，因为浪漫构成了艾玛的全部，为了爱情舍弃家庭对艾玛来说就像脱衣服那么简单，但罗多尔夫做不到。

　　但罗多尔夫有一个艾玛缺少的优点，那就是现实。现实代表着清醒的思维和精准的目的性。无论在哪个时代，现实都不是一个贬义词。但凡事不能极端，过于现实的心往往预示着冷漠和自私，罗多尔夫是极端的利己主义者，所以艾玛的真心不会得到同等的回应。

　　真正报以真心的是第二个情夫莱昂。少年的爱没有掺杂太多利益，他与艾玛能互相吸引是源于精神上的归属感。

　　莱昂母亲是一位强势的女性，莱昂在她的影响下变得懦弱，所以三年前他没能向艾玛表明心迹。三年后母亲发现他与艾玛厮混时，立马选择给律师事务所的老板写信，通过老板施压使莱昂认清现实，莱昂母亲用智慧教育莱昂社会法则，既没有伤害母子感情又将莱昂从感情的泥淖中拉回现实。

莱昂最值得称赞的一点就是给予了艾玛幻想中的爱情，不过他对艾玛纯粹的爱在时间与时代的影响下慢慢变质，最终他还是选择了对自己最有利的结局。

以上三个男人对艾玛付出过爱与恨，也得到过艾玛的心与身，但没有一个懂得她全部的精神世界，这四个人又都被时代所左右，每一个都受着不同的苦乐。

福楼拜曾说过一句话："我不过是一条文学蜥蜴，在美的伟大的阳光下取暖度日，仅此而已。"

蜥蜴是冷血动物，冷漠且客观，往往用来象征理性，这很容易让我们联想到生活中同样理性的职业，比如医生。

在福楼拜的童年中，医院是他再熟悉不过的地方，这养成了福楼拜的实验主义倾向，于是我们能看到他对每一位人物心理的剖析是不带私情的。也许，这就是他的作品能反映那个时期法国真实风貌的原因。

安娜·卡列尼娜·我是个人！我要生活！我要爱情！

『人总是在接近幸福时，倍感幸福；在幸福进行时，却患得患失。』

托尔斯泰半自传小说，19世纪批判现实主义的高峰。陀思妥耶夫斯基赞其为"一部尽善尽美的艺术杰作"。每一个渴望爱和被爱的灵魂，都要读一读《安娜·卡列尼娜》！

Step 1

伏伦斯基到彼得堡车站接母亲，在车厢入口给一位下车的夫人让了路。他正要走进车厢时，忽然觉得必须再看她一眼。他转过身去看那位夫人，而那位夫人也恰好向他回过头来。在这短促的一瞥中，伏伦斯基发现她脸上有一股被压抑的生气，仿佛她身上洋溢着的青春不由自主地从眼睛的闪光里、从微笑中，缓缓地透露出来。

这位夫人就是卡列宁的妻子——安娜。

今天是吉娣一生中最幸福的日子，这次舞会是专为她和伏伦斯基的爱情而举办的。当她看到安娜时，就被安娜迷住了——她身上那件钉着华丽花边的黑衣裳是不显眼的，引人注目的是她身上的气质——她看上去那样单纯、雅致、快乐而充满生气。

这时伏伦斯基走了过来，鞠躬邀请安娜跳舞，但安娜故意不理他。

过了一会儿，吉娣看见安娜脸上出现了那种她自己常常出现的、由于成功而兴奋的神色——因为别人为她倾倒而陶醉。

"是谁让安娜这样陶醉呢？"她问自己，"难道是伏伦斯基吗？"吉娣注意到，每次他同安娜说话，安娜的眼睛里就会出现快乐的光辉，她的樱唇上也会泛起幸福的微笑。她又对伏伦斯基望了望，心里感受到了一阵恐惧——她在安娜脸上看得那么清楚的东西，在伏伦斯基脸上也看到了。

在回去的火车上，安娜反复重温着在莫斯科的往事。她觉得一切都是美好的，愉快的。她一想起伏伦斯基，内心就有一个声音对她说："温暖，真温暖，简直有点热呢！"

火车进站了，安娜穿戴好，去外面呼吸着雪花飞舞的凛冽的空气。她站在车厢旁边，环顾着站台和灯光辉煌的车站。忽然，安娜发现了一个穿军服的人，挡住了摇曳的灯光。她回头一看，立刻认出了伏伦斯基的脸。尽管他站在阴影里，安娜却清晰地看见了他脸部和眼睛里的表情——那无疑就是昨天打动安娜心弦的那种又恭敬又狂喜的表情。

这些日子，甚至就在刚才，安娜还在反复对自己说，只不过是随处可以遇见的无数普通青年中的一个罢了，她绝不会让自己再去想他；可是这会儿，刚一见到他，安娜就被一种快乐的情绪所控制了。

"我不知道您也来了，您来做什么呀？"

"您问我来做什么吗？"他盯住她的眼睛，反问说，"说实话，我来这里，是因为您在这里，我没有别的办法。"

"您的话很傻。我请求您，如果您是个好人，那就把您说的话忘掉，我也会把它忘掉的。"

"我永远都不会忘记，也无法忘记……"

"够了，够了！"安娜竭力装出很严厉的样子，然后她急急地往回走。

她头脑里重温着刚才发生的事。她想不起自己说过的话，也想不起他说过的话，但她明白，这片刻的谈话令他们接近了。这使她感到害怕，也使她觉得幸福。

　　这一夜，伏伦斯基无法入睡，安娜给他留下的印象使他觉得幸福和自豪。这一切将产生什么后果，他不知道，甚至连想都没有想过。他发现生活的全部幸福和唯一意义，就是看到安娜。

　　伏伦斯基在彼得堡下了火车，等着安娜出来。"我可以再看见她一眼。"他情不自禁地微笑着对自己说。但是，他还没有看见安娜，却先看到了她的丈夫。

　　他本来知道她有丈夫，但几乎不相信他的存在，直到看见他，伏伦斯基才确信这一点，并且产生了一种不快的感觉。这就像一个口渴得要命的人走到泉水旁边，却发现那里有一条狗、一只羊或者一头猪在饮水，并且把水搅浑了。

　　他看见安娜两夫妻见面，而且以情人明察秋毫的眼力看见她同丈夫说话有些拘谨。"不，她不爱他，她不会爱他！"伏伦斯基心里这样断定。

　　卡列宁梳洗完毕，安娜也走进了卧室，可是她的脸上不仅没有她在莫斯科生活时从眼神和微笑中散发出来的那股生气，相反，她心中的火花似乎熄灭了，或者远远地隐藏到什么地方去了。

　　火车站的偶遇，舞会上的主动示好，火车上的追随，伏伦斯基的热情进攻，都被安娜理性地拒绝了。安娜看似平静的外表下，内心却进行着激烈的斗争。

Step 2

凡是能遇到安娜的地方，伏伦斯基都去，一有机会就向她倾诉爱慕。伏伦斯基的追求不仅没有使安娜觉得讨厌，反而成了她生活的全部乐趣。

安娜渴望爱情能冲破她那麻木的日复一日的生活，让自己重新醒过来。她的忧伤配合着伏伦斯基的热情，空气□便分泌出了一种名叫"爱情"的荷尔蒙。

卡列宁看见妻子同伏伦斯基单独坐在一起谈得很热烈，原本并不觉得有什么不妥。但当他发觉客厅里人人都认为他们的行为有些异常和有失体统时，他这才觉得事实的确如此。他决定就此事同妻子谈一谈。

"深入捉摸你的感情，我没有权利，而且我认为这是无益的，甚至是有害的。"卡列宁开始说，"你的感情关系到你的良心，而指出你的责任，那可是我对你，对自己，对上帝应负的责任。我是你的丈夫，我爱你。"

安娜的脸色顿时沉了下来。卡列宁说"爱"这个字使她很反感。

"我没有什么要说的，而且……"安娜勉强微笑，"真的该睡觉了。"

卡列宁叹了一口气，不再说什么，走进卧室。

从那一夜起，卡列宁也好，他的妻子也好，都开始了一种新的生活。表面上一切如旧，但其实他们的内在关系完全变了。

　　卡列宁来到赛马场的时候，安娜已经坐在那个集中了上流社会人士的亭子里了。卡列宁本身对赛马不感兴趣，因此没有看那些骑手，而是把目光停留在安娜身上。

　　安娜全神贯注地望着伏伦斯基，同时也感受到了丈夫冷冰冰的眼光从侧面盯住她。她回过头来，询问般地望了卡列宁一眼，微微皱起眉头，又回过头去。

　　后来，伏伦斯基摔下了马，引得安娜惊叫了一声。这并没有引起人们的注意，不过，接着安娜的行为，却实在有些令人惊讶了：她慌忙地举起望远镜，朝伏伦斯基倒下的地方望去，却什么也没能看见。于是她立马起身想走。

　　这时军官带来了消息，称伏伦斯基安然无恙。安娜一听见这消息，立刻坐了下来，用扇子遮住脸。卡列宁用身体将她挡住，让她有时间平静下来。过了一会儿，卡列宁对安娜说："我第三次向你伸出我的手臂。"

　　安娜看了一眼卡列宁，不知道说什么才好，她恐惧地回头看了一眼，顺从地站起来，把手放在丈夫的手臂上。她精神恍惚，像做梦一样挽住丈夫的手臂往前走。

　　卡列宁看到妻子的举动有些乖戾，有失体统，就认为自己有责任提醒她。

　　"我应该对您说，您今天的行为有失检点。"

"我什么地方有失检点啦？"安娜一面大声说，一面迅速地回头，盯着卡列宁的眼睛。

　　"刚才有一个骑手从马上摔下来，您没有掩饰您那种大惊失色的神气。"卡列宁想等安娜反驳，可是安娜的眼睛始终瞪着前方，一言不发。于是他接着说道，"我曾经要求您在交际场所注意您的一举一动，免得那些毒舌头说您的闲话。我希望今后不再发生这样的事。"

　　卡列宁说完后，安娜只是装出嘲弄的神气微微一笑，什么也没有回答，因为她没有听见他在说些什么。

　　卡列宁看见她这种嘲弄的微笑，心里就产生了一种莫名其妙的迷惘。"也许是我错了。"卡列宁说，"如果是这样，那就请您原谅。"

　　"不，您没有错！"安娜不顾一切地瞧了一眼他那冷冰冰的脸，慢吞吞地说，"我克制不住自己。我听着您说话，心里却在想他。我爱他，我是他的情妇。我看见您就受不了，我害怕您，我恨您……您高兴怎样对付我就怎样对付我吧。"

　　卡列宁一动不动，眼睛仍旧注视着前方，忽然整个人露出一种死人般僵硬的庄重神色。一直到别墅，他这种神态始终没有变。

　　快到家的时候，他向安娜看了过去："在我采取保全我名誉的措施并把它告诉您以前，我要求您至少在公开场合保持体面。"

　　卡列宁先下了车，然后扶安娜下来。他当着仆人的面默默地握了握安娜的手，又坐上马车，回彼得堡去了。

Step 3

当卡列宁单独坐上马车的时候，他觉得自己完全摆脱了常常折磨他的猜疑和嫉妒的痛苦。这使他又惊又喜。就像拔掉了一颗痛了很久的蛀牙，在经受了可怕的痛楚以后，他忽然发觉那长期妨碍他生活的东西不再存在。

现在卡列宁只关心一件事，就是怎样用最合理的方式洗去由于妻子的堕落而蒙受的耻辱，继续沿着积极、诚实和有意义的生活道路前进。

他依次分析了决斗、离婚和分居等办法，然后逐一将它们抛弃。他深信解决问题的办法只有一个：把发生的事情隐瞒起来，采取一切手段斩断他们的私情。

第二天早晨一醒来，安娜想到了她对丈夫说的那些话。她无法想象这会导致什么后果。她的地位，昨天晚上还是那么明确，今天却忽然变得走投无路了。但当安娜收到丈夫的信时，她想不出比这更可怕的东西了。

信里写道："您自己一定能预见到，您和您儿子的前途将会怎样。"

她想："这是他威胁要把儿子夺走，而按照他们愚蠢的法律，大概是可以这样做的。我如果抛弃儿子，离开他，就将成为一个最堕落、最下贱的女人，他也知道我是没有力量这样做的。"

"我们的生活应当像过去一样继续下去。"安娜记起信里的另一句话，感到非常害怕。之前的生活已经够痛苦的了，如今还会变得越发可怕。今后又将怎样呢？

卡列宁夫妇仍住在同一座房子里，天天见面，但彼此完全像陌生人。为了避免仆人们的口舌，卡列宁给自己定下一个规则：天天同妻子见面，但有意不在家吃饭。

伏伦斯基从不到卡列宁家来，只在别的地方同安娜见面。这一点卡列宁是知道的。

伏伦斯基回到家里，看到安娜的来信。信上写道："我病了，心里烦恼。我不能出门，但再不见到您，就真的受不了了。今天晚上来吧！卡列宁七时要出去参加会议，到十时才回来。"

就在他们家门口，伏伦斯基差点儿同卡列宁撞个满怀。

"这局面真糟！"伏伦斯基想，"要是卡列宁出来干涉，保护他的名誉，我倒可以有所作为，可以表示我的感情；可是他那么怯懦，那么卑鄙……他使我成了骗子，可我从来不愿做骗子呀。"

最近安娜的醋性发作得越来越频繁了，这使伏伦斯基感到恐怖。之前，他认为自己没有得到幸福，但幸福在前头；现在呢，他觉得最幸福的日子已经过去了。安娜已经完全不像他最初看见她时那样诱人了。无论精神上，肉体上，她都不如从前了。

他能察觉到自己不再那么爱安娜了，但也也知道，他们之间的关系却是再也割不断了。

妻子不顾体面，不遵守他向她提出的唯一条件——不要在家里接待情人，这使卡列宁大为生气。妻子既然不遵守他的要求，卡列宁就决定惩罚她，实行他的警告：提出离婚，夺走儿子。

卡列宁通夜没有合眼，一听到安娜起床，就走进了她的房里。

"我对您说过不许您在家里接待您的情人，也不需要追究一个女人想看她情人的原因。"

"您不觉得您太随便侮辱我了吗？"

卡列宁狠狠地说："对正派的男人和正派的女人才说得上侮辱，但对贼，这只是确认事实罢了。"

安娜一脸不可置信的样子："您的本性竟这么残酷，我以前都不知道。"

"我是来告诉您，明天我要到莫斯科去，再也不回到这座房子里来了。您将通过我所委托的办理离婚手续的律师知道我的决定，我的儿子将住到我姐姐家去。"卡列宁说。

"您带走儿子只是为了使我痛苦。"安娜皱起眉头瞧着他说，"您并不爱他……把儿子留下吧！"

"是的，因为我对您的厌恶影响到儿子，我甚至不爱他了。但我还是要把他带走，再见！"

"卡列宁，把儿子留下吧！"她又一次喃喃地说，"我没有别的要求了，求您把儿子留下吧！"

卡列宁脸涨得通红，挣脱她的手，一言不发地走出了屋子。

Step 4

卡列宁拿起电报，拆了开来。电报是安娜打来的，她在电报里写道："我要死了，求你务必回来。如能得到饶恕，我死也瞑目。"

最初，卡列宁认为这无疑是个骗局。可他又想："万一真是这样怎么办？"于是卡列宁决定到彼得堡去看看妻子。

"卡列宁，你过来。我没有时间了，我活不了多久了。"安娜说。

卡列宁皱起眉头，露出痛苦的神色。他的下唇打着哆嗦，一直在克制自己的激动，只偶尔对安娜望望。

每次卡列宁对她望的时候，总看见安娜那双盯住他的眼睛流露出温柔而狂喜的神色，这是他从来没有见过的。

"等一下，您不知道……等一等，等一等……对了，我就是要说这个。您别以为我怪。我还是同原来一样……可是另外一个女人附在我身上，她爱上了那个男人，我恨她。可是我忘不了原来那个女人。那个女人不是我。现在的我才是真正的我，才完完全全是我。我要死了，我知道我快要死了。这一切都快完了……我只有一个要求：您饶恕我，完完全全饶恕我吧……不，你不会饶恕我！我知道这是不可饶恕的！不，不，您走吧，您这人太好了！"安娜用一只火热的手抓住卡列宁的手，却用另一只手把他推开。

卡列宁的心越来越慌乱，此刻已经慌乱得不能克制了。他忽然觉得，他所谓的心慌意乱其实是一种愉快的精神状态，他终生竭力遵循的基督教义要求他饶恕和爱他的仇敌，使他体会到一种从未体会过的幸福。

卡列宁像孩子般痛哭起来。这是他与安娜最温馨的一段场景，是第一次，也是最后一次。每个人心里都住着一个天使和魔鬼，最残酷的生离死别，激发了卡列宁内心中柔软的部分，顿时良心闪现，使他感到了懊悔。

"卡列宁。"伏伦斯基感到是表态的时候了，他说，"我没有什么话好说，我什么也不明白。您饶恕我吧！不论您多么痛苦，我还是请您相信，我比您更难受。"

他想站起身来，但卡列宁拉住他的手说："您知道，我决定离婚，甚至已经开始办手续了。"

"不瞒您说，开始我拿不定主意，我很痛苦；我老实对您说，我有过对您和对她进行报复的欲望。收到电报的时候，我是抱着这样的心情到这里来的，说得更明白的些：我但愿她死。可是……可是一看见她，我就饶恕她了。饶恕的幸福向我启示了我的责任，我完全饶恕了她。"卡列宁的眼睛里饱含着泪水，他那明亮、安详的目光使伏伦斯基感动。

他继续说道："我的责任给我明白的规定：我应同她在一起，我将同她在一起。要是她想见您，我会通知您，但现在，我想您还是离开的好。"

同卡列宁谈过话以后，伏伦斯基感到羞耻和屈辱。他觉得卡列宁崇高，自己卑鄙；他正直，自己堕落。他开始觉得安娜的丈夫尽管痛苦，还是宽宏大量；而自己公然欺骗，显得堕落渺小。

他在安娜患病期间彻底认识了她，了解了她的心，他觉得以前自己其实并不爱她。而如今呢，他了解安娜，真正爱上了她，却在她的面前受到屈辱，永远失去了她，只在她心里留下了一个可耻的回忆。

最美好的时光和他不久前所受的屈辱，一幕接一幕，飞快地在伏伦斯基的脑海里掠过。

他目光呆滞，拿起手枪，看了一眼。随后转动弹膛，沉思了起来。最后，他将枪口对住左胸，扳动了扳机。

为了缩小这种与卡列宁精神世界上的差距，也为了祭奠他那段因不够珍惜而即将错失的爱情，伏伦斯基选择了开枪自杀。

虽然伏伦斯基的自杀最后以失败告终，但他仿佛以自杀洗刷了他所蒙受的羞耻和屈辱。同时也挽救了他和安娜的爱情，甚至升华了他们的爱情。为了安娜，他放弃了功名，决定和安娜脱离世俗，远赴异国他乡，开始新的二人世界。

Step 5

安娜对伏伦斯基越了解，就越爱他。能够完全占有他，这使安娜感到快乐。照安娜看来，伏伦斯基显然富有从事政治活动的才能，理应担任重要的职务，却为了她牺牲了功名，并且从无怨言。

伏伦斯基对她越来越宠爱，时刻的关心使安娜不会觉得此刻所处的地位不光彩。然而，伏伦斯基实现了自己的夙愿，却不觉得特别幸福。不久后他就认为，这种欲望的满足只是他所期望的幸福中的沧海一粟。

感情的问题总是那么脆弱，经得起风雨，却经不起平凡。在国外的生活过于乏味，他们决定回国，住到乡下去。

他们回到了彼得堡，伏伦斯基打算同自己的哥哥分家，而安娜则执意想看看儿子。两人各忙各的事情，相处的时间大大减少了。

一天，伏伦斯基去剧场寻找安娜，却发现她正在与卡乐塔索夫夫妇争吵。虽然不明白他们之间究竟发生了什么事，但他知道一定有什么事使安娜感到屈辱。他知道安娜在竭力维护她所扮演的角色的体面，但根本没有考虑到她此刻的感受就像一个被钉在耻辱柱上示众的人。

"您大概来迟了，错过了最精彩的咏叹调。"安娜含着绝望和怨恨的泪水叫着站了起来，"太可怕了！只要我活一天，就一天不会忘记这件事。她竟然说坐在我旁边是一种耻辱。"

"只是一个傻女人的话。"伏伦斯基可怜安娜，但还是有点恼恨。他向安娜保证永远爱她，他明白现在只有这一点才能安慰她。

他的保证，自己都觉得太庸俗，安娜却如饥似渴地听了进去，逐渐安静了下来。

第二天，他们完全和好了，就一起动身到乡下去。

安娜因为爱情，远离了儿子，母性的痛苦折磨着她；也正是因为爱情，远离了社交圈，尊严受到贵族的羞辱。她把这一切都怪罪于伏伦斯基，而伏伦斯基也在心里慢慢怪罪安娜。两人对目前的处境都不太满意，于是才决定一起远离社会，逃避现实，回归乡下。

安娜开始关心怎么博得伏伦斯基的欢心，怎样补偿伏伦斯基为她牺牲的一切，让他更喜欢自己。伏伦斯基对此很欣赏。不过，他对安娜竭力用情网来束缚他，又感到苦恼。

日子一天天过去，他越来越清楚地明白自己被这情网所束缚，越来越想要试试逃出这种境地。

10月，卡亲省举行贵族大选，伏伦斯基早就答应会去参加了。但是，使他感到惊奇的是，安娜听到这消息竟若无其事，只问他什么时候回来。伏伦斯基知道安娜有不动声色的本领，还知道只有当她暗地决定什么事却不告诉他时才会这样。

他有点担心，但更想避免纠纷，于是装出一副深信不疑的神色，相信她是通情达理的。于是他没有同安娜说个明白就与她道别了，这在他们同居以来还是第一次。

安娜相信伏伦斯基对自己开始冷淡了，但她还是毫无办法，说什么也不能改变同他的关系。她还是像以前那样，期望用爱情和姿色来笼络他。还有一个办法，不用去笼络伏伦斯基，而是进一步密切同他的关系，使他无法抛弃她。这办法就是先离婚，再结婚。

于是安娜写了一封信给丈夫，要求离婚。

人总是在接近幸福时，备感幸福；在幸福进行时，却患得患失。

对安娜来说，伏伦斯基整个人都可以归结为一点：爱女人。而这种爱她认为应该全部集中在她一个人身上。可是，现在这种爱日渐减少了，由此安娜吃醋地断定，伏伦斯基准是把一部分爱移到了别的女人身上。

安娜对伏伦斯基产生猜疑，生他的气，找寻种种理由发泄。她感受到的一切痛苦，全都怪在伏伦斯基头上。他们会因为小事而争吵，导致了伏伦斯基整天不回家，让安娜感到非常孤独。她又情愿忘记一切，饶恕伏伦斯基，同他言归于好；情愿责备自己，替他辩护。

情网，对于安娜来说，是安全感的保证；对于伏伦期基来说，却是对自由的束缚。安娜抓得越紧，伏伦斯基就挣脱得越远。

Step 6

一天早晨，安娜兴致勃勃地动手收拾行装，准备回乡下，而伏伦斯基却说："我现在到妈妈那里去一下，让她把钱托人转给我。明天就可以动身了。"

尽管安娜的情绪很好，但伏伦斯基一提到他要到母亲别墅去，安娜的心又被刺痛了。她现在把所有的猜疑和嫉妒都聚焦在了伏伦斯基的母亲所喜欢的索罗金娜公爵身上。

伏伦斯基的母亲和索罗金娜，对安娜来说，是痛苦的根源。只要提及两人中的任何一位，都会激怒安娜内心那根脆弱的神经，令安娜情绪失控，从而引起一场狂风暴雨般的争斗。

由此，他们闹了一整天的别扭，这样严重的争吵还是头一次。伏伦斯基出门时，冷冰冰地瞅了安娜一眼，无视了安娜的心碎与难过，若无其事地走掉了。

安娜等了一整天加一个黄昏，还是没有等到伏伦斯基。她觉得一切全完了。

死现在是促使伏伦斯基恢复对她的爱情、惩罚伏伦斯基、让安娜心里的恶魔在同伏伦斯基搏斗中取得胜利的唯一手段，这种死的情景生动地出现在她的眼前。

去不去乡下，同丈夫离不离婚，如今都是不重要的。只有一件事非做不可，那就是惩罚伏伦斯基。安娜拿出鸦片，想到只要把这整瓶药一饮而尽就可以死去，实在容易得很。她服用了两倍剂量的鸦片，到天快亮时才睡去。

安娜起床的时候，回想昨天的往事，好像隔着一片迷雾。她穿过客厅时，往窗外一望，看见戴紫帽的年轻姑娘交给伏伦斯基一包东西。伏伦斯基笑眯眯地对姑娘说了一句什么。直到马车走了，他才急急地跑上楼来。昨天的种种感受又刺痛了安娜那颗受伤的心。

"刚才索罗金娜母女路过这里，从妈妈那里给我带来钱和证件。我昨天没有弄到。你的头怎么样？好些吗？"他若无其事地说，不愿看到也不愿探究安娜那阴郁而得意的神色。

安娜默默地凝望着伏伦斯基，然后转过身，慢吞吞地走出房去。

"我们明天一定走，是不是？"安娜快走出去时，伏伦斯基才开口。

"您走，我不走！"安娜转身对他说。

"安娜，这种日子叫人怎么过呀……"伏伦斯基无可奈何地回答。

"您走，我不走！"安娜强调。

"这简直叫人受不了！"伏伦斯基更生气了。

"您……您会后悔的！"安娜说着走了出去。伏伦斯基被她说这话时的绝望语气吓坏了，霍地跳起来，想去追她，但定了定神，又坐下，咬紧牙关，皱起眉头。

"我什么都试过了，"伏伦斯基想，"只剩下一个办法，就是置之不理。"于是他准备进城，再到母亲那里去一次，请她在委托书上签个字。

这是他们最后一次争吵，安娜那句"您会后悔的！"是她对伏伦斯基最后的威胁，也为后续的故事情节发展埋下了伏笔。

安娜打算到火车站去找伏伦斯基。她穿过人群往头等车候车室走去，忽而希望，忽而绝望，交替刺痛着她那颗受尽折磨怦怦乱跳的心。

一位车夫认出了她，交给她一封伏伦斯基的信，上面潦草地表明伏伦斯基十点钟才能回来。而从另一位挑夫的口中，她知道了是伏伦斯基派车夫去接索罗金娜夫人和她的女儿的。

"不，我不会再让你折磨我了。"安娜心里想。她这既不是在威胁伏伦斯基，也不是威胁自己，而是威胁那个使她受罪的人。她突然想起她同伏伦斯基初次相逢那天被火车轧死的人，她明白了自己应该怎么办。

"一切都是虚假，一切都是谎言，一切都是欺骗！"这是安娜临终前的叹息，也是她对所生活的社会的控诉。她无可奈何地走上了自我毁灭的道路。

安娜就这样沉默地向我们告别了。她的爱情始于车站，也终于车站。她在爱情中重生，也在爱情中毁灭。

邂逅一个人，只需片刻；爱上一个人，往往会是一生。安娜为了爱情，牺牲了自己的一生。

她，不是笼子里的鸟。笼子里的鸟，开了笼，还会飞出来。她是绣在屏风上的鸟，年深月久了，羽毛暗了，霉了，给虫蛀了，死也还死在屏风上。

Step 7

列夫·托尔斯泰是 19 世纪俄国批判现实主义文学的最高代表，他的作品深刻地反映了从农奴制度崩溃到第一次俄国革命期间的社会生活，他的小说艺术也达到了古典现实主义的巅峰。

《洛丽塔》的作者纳博科夫，是一位有着俄罗斯血统的美籍作家，据说在一次课堂上讲授俄罗斯文学时，他突然拉上教室的窗帘，还关掉了所有的电灯。

他站在电灯开关旁，打开左侧的一盏，说："在俄罗斯文学的苍穹上，这盏是普希金。"接着，他打开中间那盏灯，说道："这盏是果戈理。"然后，他再打开右侧那盏灯，又说道："这盏是契诃夫。"

最后，他大步冲到窗前，一把扯开窗帘，指着直射进窗内的一束束灿烂的阳光，大声朝学生们喊："这些，就是托尔斯泰！"

纳博科夫把托尔斯泰比作是俄罗斯文学的阳光，朴素而恰当。而托尔斯泰也确实给俄罗斯这片黑土地带来了光明——他一生都在为农奴解放做斗争，一生都在为农民说话。

《安娜·卡列尼娜》从构思到写成共耗时四年，作者着力于描写一个"不忠的妻子以及由此引发的全部悲剧"。他在一位名叫安娜的贵族夫人，因被情夫遗弃而卧轨自杀的真实事件之上，结合对自身的精神探究，最终完成了这部杰出的长篇巨著。

托尔斯泰被誉为"比女人还懂女人的大师"，日记是他文学创作的实验室。他严格观察自己的心态变化，认真分析周围发生的事件，简单扼要地刻画身边的人物。他几十年如一日地进行自我观察和分析，也因此成为世界上少有的心理描写巨匠。

《安娜·卡列尼娜》这本小说中，就有大量人物形象及心理活动的描写。

作者在安娜的形象塑造上，不仅展示出安娜的外表美，还描写出她的内在美，从而使安娜这个贵族少妇成为世界文学中无与伦比的美丽形象。

同时，作者还出色地展现了安娜的内心世界以及矛盾发展的过程：面对突如其来的爱情，她既想要追求个人幸福，又害怕贵族社会道德谴责的矛盾；与伏伦斯基相处时，她既希望能拴住他，又对他的出现烦躁不安；在故事的最后，她对上流社会既充满敌视，又有所留恋。

阅读他的小说，我们仿佛身临其境，也会随同主角的悲欢离合，喜怒哀乐，自然而然地对他们的遭遇产生强烈的共鸣。

回到作者的角度，托尔斯泰对安娜的态度是矛盾的：既有谴责，又有同情。

从宗教和伦理道德出发，他认为安娜是有罪的，因为她不能克制自己的情感，一味追求自由和爱情，违背"妇道"，从而弄得身败名裂。

但他对安娜的谴责还是有分寸的，也可以说是同情远多于谴责。

托尔斯泰真正痛恨的是这个社会，是卡列宁之类的官场人物，因为他们控制和奴役安娜这样不幸的人生，杀人不见血地蹂躏着人性。

但他对卡列宁也没有全盘否定，譬如，他始终没有忘记作为丈夫的责任，按时给安娜送生活费；在安娜分娩病重时，他也感到悔恨，对安娜和伏伦斯基说了心里话，向他们表示宽大的胸怀。

这都充分体现了托尔斯泰对人性独特的描写手法。

人不是一个确定的常数，而是某种变化着的，有时堕落，有时向上的东西。托尔斯泰得出这样的结论，也是他长期观察人性的结果。

最后，在这本小说中，作者对火车站似乎情有独钟。

故事开头，安娜和伏伦斯基的爱情，始于火车站；在小说中，火车站也经常出现在安娜的噩梦中；故事结尾，安娜惨死于火车站的车轮之下。

在现实生活里，作者托尔斯泰，于八十二岁高龄离家出走，在途中患上肺炎，也死于火车站。这也许是冥冥中命运的奇特安排。

最终，这位文学大师的遗体，按照生前的遗嘱，埋葬在故乡的庄园，没有十字架，没有墓碑，成为茨威格笔下"世界上最美的坟墓"。

"无论春夏秋冬，人们都想象不到，这个小小的、隆起的长方体里安放着一位最伟大的作家——列夫·托尔斯泰。"

Chapter 8

飘·一位乱世佳人的传奇人生

「明天又是新的一天，做一个不妥协的战士。不管几岁，人生只是刚开始而已。」

世界十大文学名著之一，普利策奖获奖作品。1936年问世，仅半年，发行量便突破一千万册，打破了美国出版界多项纪录。依照原著改编的电影《乱世佳人》，一举夺得八项奥斯卡大奖。

Step 1

美国作家玛格丽特·米切尔创作的长篇小说《飘》，以郝思嘉与白瑞德的爱情纠缠为主线，描绘了那个时代美国南方人的习俗礼仪和观念态度，成功地再现了林肯领导的南北战争和当时美国南方地区的社会生活。

1861 年美国内战前夕，郝思嘉还是年仅十六岁的少女，过着无忧无虑的生活。她方下颚，尖下巴，浓密卷翘的黑睫毛围着一双淡绿色的眼睛。男孩子们总是被她迷得团团转，女孩子们则心生妒忌。但她不在乎这些，她的世界只要有舞会和英俊的男人就够了。

她喜欢卫希礼已经有两年了，但却从塔尔顿兄弟俩口中得知，卫希礼将会在第二天的野餐会上公布与表妹韩媚兰订婚的消息，思嘉因此十分烦躁。父亲看出了她的心思，但却觉得他们并不般配，并且严肃地纠正了她对土地的看法。

在爱尔兰人眼里，土地是最重要、最永久、最值得为之奋斗的东西。思嘉是家里的长女，在三个儿子相继夭折之后，父亲打算把家业交给思嘉继承，所以不允许她对土地满不在乎。

尽管没得到父亲的支持，思嘉还是决定向希礼表白，然后一起私奔。

第二天，思嘉和两个妹妹一起去参加野餐会。希礼的父亲——

满头银发的卫约翰在门口欢迎客人。

思嘉一边用目光搜索着希礼，一边跟遇到的男士打招呼调情，惹得他们的女伴气红了脸。可是思嘉的目光还是没能搜索到希礼，连韩媚兰和韩查理也不见踪影。

忽然她看到一个约莫三十五岁的高个子陌生男人正用一种玩世不恭的眼神看着她。有人告诉思嘉那人名叫白瑞德，外地来的，是家族的害群之马。

思嘉是舞会皇后，几乎所有年轻男人都围着她。可是希礼却和韩媚兰在一边安安静静地散步说话。他们俩对视的眼神令思嘉火冒三丈。韩媚兰身材瘦小，体格虚弱，一张大众脸，身体看起来像个发育不全的孩子，脸上的神情却是十七岁少有的稳重端庄。

男人们总是忍不住谈论战争话题，思嘉觉得他们真是傻透了。

卫家父子并不赞成盲目开战，但是如果开战他们一定会身先士卒。白瑞德讽刺说北方有工厂、铸造厂、铁矿、煤矿，而南方只有棉花、黑奴和傲气，北方佬一个月内就能把南方人杀光。这一言论立马引起众怒，他只好抽身出来去书房待着。

而另一边思嘉终于逮住机会将希礼拉进书房，郑重其事向他表白，说爱他，要求希礼跟他私奔。希礼大为震惊，同时对思嘉还有一点心疼和怜惜。

思嘉追问希礼是否爱媚兰，卫希礼说媚兰和他是同类，能够互相理解，这样的婚姻才能平安无事。希礼对以前说过的一些让思嘉误会的话感到非常抱歉。他是在乎思嘉的，思嘉对生活充满了激情，敢爱敢恨，这些都是他没有的。

思嘉忍不住破口大骂，还扇了卫希礼一耳光，但仍旧气不过，抓起一个花瓶向房间壁炉砸去。这时，她突然发现房间里竟然有人，是白瑞德。

思嘉羞得满脸通红，感觉最丢人的把柄被他抓住了。白瑞德觉得她很有趣，调侃她和卫希礼的对话，思嘉则骂他不是一位真正的绅士。

这时突然有人传来了即将开战的消息，据说林肯已经招募了七万多士兵。

所有的男人都像疯了一样，韩查理甚至一反平时腼腆的性格，跑来向思嘉求婚。思嘉为了和卫希礼赌气，答应了。不到两个星期，卫希礼和韩媚兰，郝思嘉和韩查理，两场婚礼迅速举行完毕。

整个南方陶醉在战前那股热情和激动的情绪中。

两个月后，韩查理在行军途中死于麻风病，思嘉成了寡妇。生下儿子韦德之后，思嘉更是精神不济，对生活失去了热情，家人想尽办法却依然毫无起色，最终母亲答应了媚兰和白蝶姑妈的邀请，让思嘉带着儿子去了亚特兰大生活。

Step 2

　　亚特兰大的白蝶姑妈和媚兰非常欢迎思嘉和她们一起生活。因为思嘉很勇敢，她来了，即便家里没有男人，她们也不害怕了。

　　媚兰和哥哥查理从小接受的都是老式教育，那些教育并没有使他们变得聪明或者强大。所以他们都特别喜欢思嘉这样有活力的人。

　　没过多久，思嘉就重新振作起来。现在她的新烦恼无非是每天要去医院做护理工作，身边又没有英俊的男人。

　　战时的后方医院是一个可怕的地方，残肢断腿，呻吟不断。坚强如思嘉都难以忍受，弱小的媚兰却勇敢且有耐心，这令思嘉有些意外。

　　思嘉在媚兰的支持下参加医院的一个募款晚会。舞会上，思嘉发现为南部邦联运送物资的船长竟然就是白瑞德。

　　此时，米德医生为了给医院募款，不惜打破陈规，竞价拍卖姑娘们的舞。白瑞德突然出了高价指名要和思嘉跳舞。全场震惊，妇女们议论纷纷。为此，思嘉在亚特兰大社交圈一战成名。

　　第二天，白蝶姑妈威胁要写信给思嘉的母亲。媚兰安慰白蝶姑妈，同时称赞思嘉的举动实际上非常勇敢。媚兰有一种魔力，不合规矩的事，假如她赞同的话，别人也会试着赞同。

　　战争还在持续，南部邦联的货币已经大幅度贬值，食品衣物价格暴涨，物资紧缺越来越严重。

白瑞德经常拜访她们，他说话总是口无遮拦，说自己穿越封锁线不过是想赚南方人的钱罢了，此外还经常戳穿思嘉掩藏的想法。思嘉很恼怒，但是她的确很渴望男人的吻。白瑞德拒绝吻她，他要等她长大。

在亚特兰大，白瑞德是被人们议论最多的人之一。据说他二十岁的时候家里就停止了对他的供养，名字也被从家谱里除去，整个家族只有他母亲还会跟他说话。他的淘金史和猎艳史更是五花八门。最后到了只有白蝶一家会让他进门的地步——因为媚兰的坚持。

1863年夏天到来的时候，南方人又生出了一些希望。可是很快，吃败仗的坏消息又陆续传来。

白蝶、媚兰、思嘉三人，跟其他家属一样，每天提心吊胆，去等最新的伤亡名单。白瑞德帮助她们弄到一份名单，思嘉颤抖着念完名字，没有希礼，希礼还活着！可是，随即她又看到了许多跟她一起长大一起跳舞的男孩子的名字，这让她心里很难受。

希礼回亚特兰大过圣诞节。他和媚兰紧紧拥抱在一起，很久才放开。在希礼回前线之前，思嘉总算逮到一个机会和他单独说话，说可以为他做任何事。

希礼拜托思嘉照顾媚兰，媚兰那么柔弱，如果他死了，他不放心，他对南方获胜已经不抱希望。思嘉答应了，向他索吻，但希礼没有吻她。

1864年，封锁线越缩越紧，整个南方已经陷入困境。偏偏这个时候，媚兰发现自己怀孕了。不久后便收到一封信，告知她希礼失踪了。

三个女人都急疯了。媚兰天天跑去电报局等着最新消息。有一次在那里晕过去，正巧被白瑞德遇见，于是送她回来。白瑞德看出她已经怀孕。为了安抚她，他动用了一些关系，得知希礼受了伤，现在正在战俘营当俘虏。为了加重南部邦联的负担，林肯拒绝交换俘虏。

希礼所在的地方缺乏食物，肺炎和伤寒大肆流行，凶多吉少。他本来有个机会可以出来，只要他宣誓效忠北方，但是他拒绝了。

思嘉觉得他傻透了，媚兰却说他做得对，如果他叛变，她宁愿他牺牲。

思嘉和希礼夫妇实际上是两类人。她太年轻，太任性，看不明白。媚兰看似柔弱，但她内心坚强，而且很有自己的主见，善良又大方。相比之下，思嘉就像个没有长大的孩子。

Step 3

1864 年 5 月，北方部队距离亚特兰大已经不远。亚特兰大人却坚信自己的城池固若金汤。路过的伤兵和难民越来越多。思嘉突然明白，城里所有的男人都瞒着女人，只有白瑞德说了真话，亚特兰大很快要被围城了。

在这个节骨眼上，白瑞德又说起自己的心事，说自己从初见她就一直关注着她，但思嘉毫不犹豫地拒绝了他的爱意。

亚特兰大城里第一次响起炮声，平日里掩藏好的惊恐一下子爆发了。所有的男人，无论老少，几乎都上了战场。南方部队拼死抵抗，浴血奋战，却仍旧节节败退。

白蝶姑妈想带着大家去梅肯，但思嘉只想回塔拉母亲的身边。这时，米德医生却告诉她们媚兰的情况很不好，只能留在城里待产。

于是，白蝶姑妈自己跑了。如果思嘉这个时候出城还来得及，可是她答应过希礼要照顾媚兰。她真是恼恨媚兰，可是最终选择留下。媚兰为此感激不尽。

围城的一个月真是一场噩梦。不知道什么时候掉落的炮火在城里四处开花，天气炎热得要命，刚开始大家还躲在同一个房间里抵挡轰炸的恐惧，到了后来就习以为常了。

一天夜里，白瑞德突然上门。他以为思嘉早就跟着白蝶去梅肯了，没想到她们还留在城里。对她的举动，白瑞德颇感意外也颇受触动。

思嘉想着赶紧回家，白瑞德却在这个时候求爱。思嘉以为他在求婚，他却说要她当情妇。思嘉恼怒，再次拒绝。

米德医生说媚兰可能会难产。思嘉后悔得要命，可是谁叫她答应了希礼！普里西说她对接生很清楚，医生不在的时候她可以帮忙，这让思嘉稍感安慰。

媚兰说思嘉是这辈子对她最好的姐妹了，从来没有人对她这么好。她担心自己会死，托思嘉照顾她的孩子。

思嘉亲自去找米德医生。可米德医生不在医院，他在车站给火车运来的伤兵治伤。思嘉好不容易赶到那里，被现场吓得目瞪口呆。米德医生粗暴地拒绝了她的要求，他不可能扔下这些伤兵跑去接生。

思嘉让普里西接生，普里西承认自己说了谎，对于接生她一无所知！思嘉气得打了她一顿，然后努力回忆自己生孩子时母亲和嬷嬷是怎么做的，两个人一起为媚兰接生。最终媚兰母子平安，所有人筋疲力尽，仿佛大劫过后一般。

城里又响起了炮声。思嘉再也无法忍受了，她决定带着所有人一起离开。

白瑞德弄来一匹马车，带着他们冲出城去。好不容易到了城外，瑞德却说接下来他不能再跟她们一起走了——他打算去参军。思嘉觉得匪夷所思，对他破口大骂，说他扔下她们不管。

白瑞德深深地吻了思嘉，说相信思嘉这样的人可以自己回到塔拉去，然后义无反顾地走了。这个反复无常的男人，他之前明明一直不看好南部邦联的，现在南部邦联一败涂地，他却突然要去前线了！思嘉靠在马脖子上痛哭流涕。

思嘉带着普里西去找食物和水，可所有人的家里都空了，除了树上掉下来的几个烂苹果，几乎没有任何食物。媚兰没有奶水，如果再没有食物的话，婴儿只能饿死。

一路上什么样的场景都有——被烧毁的房子，被扔在一旁的尸首，整个村落已经面目全非。所幸她们一路没有遇到散兵游勇、强盗路匪，而塔拉越来越近了。

思嘉在心里默默唱着曾经和白瑞德一起唱过的歌《只要再在这艰难的路上跋涉几步》。

塔拉还在。一片漆黑中，神情恍惚的父亲拥抱了思嘉，跟媚兰说以后塔拉就是她的家了。但母亲在她们到达的前一天去世了，思嘉难以接受这样的现实，她历经千难万苦才回到塔拉，正想扑进母亲的怀里好好哭一场。

可是现实不仅如此残酷，而且还不让她有任何喘息的机会。她甚至还不能思考母亲去世这个问题，饥饿已经铺天盖地而来。思嘉不得不先解决眼下最紧迫的温饱问题。

Step 4

父亲的精神垮了，他没有办法接受妻子去世的事实。思嘉像变了一个人似的，她冷静地给家里的用人分配工作，两个妹妹也被她赶到地里采摘棉花。

思嘉填补了母亲的位置，她现在是塔拉的支柱了。尽管她没有受过这方面的训练，但是她已经这么做了而且做得很出色。

有一天，大家都在外面干活，一个北方部队的散兵骑着一匹马从后院摸进家里来，到处翻箱倒柜。那个北方佬以为只有思嘉一个人在家，于是向她走过来。还没等他靠近，思嘉就朝他脸上开了一枪。

这件事没有引起什么下文，夜里思嘉也没有做噩梦，连她自己都觉得奇怪。她后来甚至还经常鼓励自己说连人都杀过，有什么做不到的。思嘉有了一点钱，又有了一匹马，迫不及待地外出探访邻居，想看看附近还有没有人家。

只有方丹家祖孙三代的女人还在。她们的房子远离大路，所以北方部队没有发现。她们分了一半的粮食和牲畜给思嘉，这让思嘉十分感动。

塔拉最艰难的时候过去了，战争不可能永远打下去。

现在思嘉有了棉花，有了吃的，还有一匹马和一小笔线。刚想放松一下，北方佬又来了。这一次多亏方丹家的小孙女通风报信，思嘉得以安排所有人带着东西跑去沼泽地躲避。

塔拉的人不得不再次为生计奔走。思嘉每次空着肚子睡觉就会做一个噩梦，梦里她在一片浓雾里乱跑，总是在寻找什么，却不知道在哪里，在找什么。

妹妹苏埃伦的男朋友弗兰克·肯尼迪和军需部的一小队人马路过。弗兰克告诉他们，亚特兰大并没有被全部烧毁，现在北方佬已经离开那里，所以很多人回到亚特兰大去了。弗兰克鼓足勇气跟思嘉说打算向苏埃伦求婚，思嘉代表父亲同意了。

第二年4月，战争结束了。思嘉总算见到了更多的老邻居们。只是，塔尔顿家的小伙子们都不在了。还有许多和思嘉一起长大的人都不在了。思嘉不能多想这些，她要把所有的注意力都集中到恢复塔拉的生气上。

南部邦联的士兵们开始陆续回家了，每天都有瘦骨嶙峋的人路过塔拉，媚兰总是好心收留他们。思嘉对此颇有抱怨。但是媚兰说，说不定希礼也正在回来的路上，有一个好心的妇人照顾着他。后来，希礼真的回来了！

1866年，威尔跑来告诉她：北方佬的政权要提高塔拉的税收，需要三百美金。思嘉再次陷入了困境。思嘉想不出办法，她向希礼倾诉，希礼也束手无策。

思嘉真是烦透养家糊口的这一切了。她叫希礼扔下一切跟她私奔到墨西哥去，但希礼说他不爱思嘉。

思嘉明白了，她还有值得为之奋斗的东西，那就是父亲曾经教育过她的，爱尔兰人的土地。思嘉想起了白瑞德。于是，她做了一身新衣裳，去亚特兰大的监狱探访他，打算答应他，做他的情妇，只要他能给她三百美金。

亚特兰大已经完全不一样了。获得自由的黑人在城里到处走动，和一大帮算计着他们的选票的北方佬混在一起。

思嘉终于见到了白瑞德，她先是刻意提起白瑞德半路抛下她们的事，又把哄人的手段全都使了出来。白瑞德问她究竟要干什么，思嘉只好明说，只要他肯给三百美金，她就做他的情妇。白瑞德狠狠吻了思嘉，然后拒绝了她。他心里很受伤，也很恼火，他还建议思嘉放弃塔拉，回到亚特兰大。

思嘉再一次想杀了他，诅咒他早点被北方佬绞死。

从监狱里出来之后，思嘉遇到了弗兰克。弗兰克在战后开了一家商店，并凭借经商的天赋赚得了些钱。说到钱，思嘉的眼睛立刻亮了。她想，弗兰克的钱赚得不多而且很辛苦，很难说服他借三百美金给自己，假如妹妹和弗兰克结婚，以妹妹自私的性格绝对会扔下塔拉不管，所以，一定不能让他们就这么结婚。

这段日子里，思嘉不得不独自面对散兵和北方佬的军队，还要为了塔拉整日忙碌发愁，为爱尔兰人的土地奋斗。

Step 5

　　弗兰克虽然老了，但起码是个绅士，而且他的性格很便于掌控。思嘉谎称妹妹等不及了，下个月就要跟托尼·方丹结婚。弗兰克信以为真，转而拜倒在思嘉的石榴裙下。三百美金到手了，塔拉得救了。

　　婚后不久，弗兰克得了一次久治不愈的感冒，在此期间思嘉逮到机会插手管理他的商店。

　　白瑞德用了些伎俩，把自己从监狱里弄出来。他碰到思嘉的时候说了很多。思嘉对他很是厌恶，但谈合作还是可以的。

　　最终，思嘉把钻石耳环卖给白瑞德，买下了锯木厂，自己亲自经营。这下，城里流言四起。一个女人抛头露面做生意，更何况资金还是来自声名狼藉的白瑞德。

　　战后的重建不像想象中那般美好，自由了的黑人和北方佬们四处滋事。思嘉和弗兰克因为救助被通缉的托尼而被列入北方佬的黑名单。思嘉又怀孕了，他们的处境很危险。

　　在这个节骨眼上，思嘉突然收到父亲郝嘉乐坠马去世的消息，她匆匆赶回塔拉，却发现父亲去世的真相是：妹妹苏埃伦为了从北方佬那里得到一笔钱买漂亮衣服，哄骗父亲签署效忠北方政府的文件，被父亲识破。怒气冲冲的父亲骑马跨栏，不幸坠马身亡。

　　整个塔拉的人都在唾弃苏埃伦。葬礼上，没有一个人跟苏埃伦说话。威尔却在此时宣布要和苏埃伦结婚。几乎每个人都喜欢威尔,思嘉很高兴能跟他成为一家人,可是她一直希望他跟小妹妹卡丽恩在一起。

思嘉从威尔嘴里得知希礼可能要北上去投奔朋友,到银行去工作。

希礼要北上去投奔朋友,思嘉却不能接受希礼离开自己。她在媚兰面前痛哭流涕,媚兰对思嘉感激不尽,不能忍受任何人惹思嘉伤心。于是希礼不得不答应随思嘉去亚特兰大,帮她管理锯木厂。

为了盈利,思嘉决定和别人合作租用囚犯为锯木厂干活。不久,她生下一个女儿,取名埃拉。

有一天,思嘉独自架着马车经过贫民窟的时候,碰到了塔拉原来的工头萨姆。思嘉想让他给自己当车夫,但是萨姆害怕被人抓住坐牢。思嘉给了他点钱,让他在路边等她从锯木厂回来。

思嘉在回来的路上遭到了贫民窟黑人的攻击,幸好萨姆还在等她,救了她之后又把她安全送回家。弗兰克把思嘉送到了媚兰和白蝶姑妈那里,整个人显得很平静,每天更加忙碌于政治集会。其他人对她遇袭一事也极少提起。

思嘉伤心极了,她觉得这个世界上根本没有人关心她。

直到一天夜里,希礼的妹妹英蒂忍不住发作,思嘉才知道那帮冷静的南方男人去干了什么。他们对她遇袭的那个贫民窟发动了报复行动,这是南方男人保护女眷的方式。

弗兰克头部中弹身亡,希礼受伤。要不是白瑞德及时赶过去,把他和埃尔辛先生等人带到酒馆假装喝酒,警察就要逮捕他们了。

瑞德在现场指挥，安排好后续工作，包括委派阿奇到贝尔的后院伪造普通斗殴现场。

思嘉因为弗兰克被杀而伤心。她头一次为自己做过的事情感到后怕，就好像她亲手杀了弗兰克一样。她想，弗兰克原本爱的是苏埃伦，而她欺骗了他，上帝这是在惩罚她。

她害怕独自一个人待着，要是有媚兰在就好了。希礼知道一切，她想他再也不会爱她了吧。白蝶姑妈之类的也早就跟她划清界限了。只有白瑞德会来看她，并向她求婚。可思嘉不想再跟任何人结婚了。

最终，白瑞德说服了思嘉，尽管思嘉明确表示自己并不喜欢他，白瑞德却不在乎，并且对婚后生活充满信心。

Step 6

　　思嘉事先没有告诉任何人，订婚消息宣布的时候，大家都很震惊，闲话沸沸扬扬——白瑞德是城里最不受欢迎的公民之一。

　　白瑞德带着思嘉去新奥尔良度蜜月。他就像宠溺一个小女孩一样宠她，使她每天忙碌，没有时间去想希礼，想别的事情。

　　思嘉在新奥尔良过着自由放任的生活，白瑞德对此却一点儿也不反感。可是有一天，她又做了那个在迷雾里奔跑的噩梦。她醒来的时候，对白瑞德说挨饿太可怕了，她总是在迷雾里寻找着什么，只要她找到了，就永远不会再挨饿受冻了，可是她就是找不到。白瑞德说会好好照顾她，让她一直吃饱穿暖，这样她就会有安全感了，不会再做那个梦了。

　　他们回到亚特兰大开始新的生活。白瑞德按照思嘉的要求建了一座奢华却俗气的别墅，思嘉邀请每一个熟人来参加宴会。这再次在城里掀起轩然大波。

　　不久，思嘉又怀孕了。她本来想吃药打掉的，白瑞德得知之后差点发疯。他说那种流产药很容易要了思嘉的命，所以他反对。可是思嘉不想再生孩子了。白瑞德说有没有孩子他都不在乎，他只在乎她。

　　思嘉又生了一个女儿。白瑞德兴奋不已，为孩子取名邦妮。现在，三个孩子都喜欢围着白瑞德转。

可后来，两人关于孩子教育问题的分歧越来越大。白瑞德过分宠溺邦妮，经常为了一点小事就大发雷霆，照顾邦妮的保姆换个不停。为了女儿，白瑞德做出很大的努力，别人对他的印象也改观不少。

希礼的生日到了，媚兰准备给他一个惊喜，几乎邀请了所有的熟人。他们圈子里的南方人，自从野餐会上分开之后就再没举办过这样的晚会了，所以每个人都很兴奋。

媚兰让思嘉去锯木厂拖住希礼，让他不要这么早回家来。这让思嘉觉得开心又讽刺。在锯木厂，思嘉和希礼回忆起以前的生活，两人聊了很多。思嘉第一次觉得自己有点懂得希礼了。

希礼喜欢的那个世界一去不复返了，眼下这个新世界他并不喜欢。走了那么长的路，他还没有适应这个新的世界。而思嘉呢，其实她对旧世界的逝去也是无比伤心。

思嘉从希礼那里第一次感受到友情，她扑在希礼怀里哭泣，希礼尽力安慰着她。而这一幕偏偏被英蒂和埃尔辛太太看到了。恶毒的英蒂不顾亲哥哥的名声将流言传遍了各个角落。

白瑞德听说此事之后完全不听思嘉的解释，蛮横地拖她起来，让她梳妆打扮，出去参加生日宴会，又在进门的时候把她独自扔下，去了贝尔那里。

不管别人怎么说，思嘉最在乎的是媚兰的反应。谁知媚兰完全不相信这种谣言，她根本不可能想象自己深爱的人背叛自己。

当晚，白瑞德在楼下餐室喝得酩酊大醉。他很粗暴地对待思嘉，像要揉碎她的头一样施暴，说要把希礼从她的脑袋里挤出去。

第二天早上，思嘉打算跟白瑞德重归于好，白瑞德却说要带着孩子回老家去，并说她从来不像一个母亲，还诅咒她对媚兰愧疚一生。

媚兰根本不要思嘉的解释，她百分百地信任思嘉和希礼。她们曾经一起渡过的那些难关，已经让她们成为最亲的亲人。她几乎形影不离地保护着思嘉，像一个战士一样，行动敏捷，反应迅速。要不是媚兰，思嘉在亚特兰大已经待不下去了。

白瑞德带着邦妮走了三个月，这段时间里，思嘉发现自己在愤怒过去之后产生了思念之情。她从外省的亲朋好友那里间接得知了一些他们的消息，默默在家里等他们回来。

Step 7

　　白瑞德和邦妮突然回来了，这让思嘉心里很高兴。她告诉白瑞德自己又怀孕了，可是却再一次遭到了尖酸刻薄的调侃，白瑞德甚至诅咒她流产。

　　本来想好好说话的思嘉，听到这些，终于也控制不住自己的情绪，对白瑞德恶言相向，并且在扑打他的时候失足滚下了台阶，真的流产了！

　　之后，思嘉回到塔拉休养身体，再从塔拉回来的时候已经恢复了健康和生气。可她注意到，现在白瑞德的目光只追随着女儿邦妮，而对自己的态度，就像一个陌生人那样客气。

　　邦妮很小的时候，白瑞德就开始教她骑马。她小而结实的短腿和暴烈的脾气，总是令思嘉想起自己的父亲郝嘉乐。一天，刚学会侧骑的邦妮擅自抬高了栏杆的高度，不顾父母的劝阻执意跨栏，结果坠马摔断了脖子！

　　思嘉晕了过去，白瑞德在疯狂中开枪射杀了那匹小马。思嘉醒来以后指责白瑞德是凶手。是他教邦妮骑马，还娇惯得她无法无天，是他害死了邦妮。白瑞德则反过来指责思嘉，说她从来没有关心过孩子，一点都不像个母亲。

　　思嘉挺过了丧女之痛，白瑞德却没能走出来，他的精神完全垮掉了。思嘉想要重新开始生活，却无从下手。现在的她无比孤单，朋友们都抛弃了她，只有白蝶姑妈、媚兰和希礼还会拜访她。

不久后，媚兰病倒了。思嘉看到她小女孩一般瘦弱的身体，泪如雨下。这时候她才明白这些年来，她和媚兰一直深深依赖着对方。媚兰再次把儿子托付给思嘉，希望儿子今后能上大学，去国外。这次，她还把希礼也托付给思嘉了，她从来就不曾怀疑思嘉对希礼有什么想法。思嘉听到这些，心里非常难受。最后她还嘱咐思嘉要对白瑞德好一点，因为白瑞德真的很爱她。

思嘉无法接受媚兰要离开的事实，她跑出来，走在薄薄的雾里，向家的方向走去。这时候，一切都很像那个旧日的噩梦。走着走着，她突然明白了，她要回家去，回到和白瑞德的家里去。

他们难得一起坐下，平静地说会儿话。

白瑞德说，媚兰是一个伟大的女性，连思嘉这种情敌都在最后时刻认同了她。他想不通为什么媚兰这么爱思嘉，还讽刺说思嘉终于要得偿所愿了。因为，现在的思嘉已经有了前妻的许可，今后跟希礼在一起的话，就更加顺理成章了。

无论思嘉怎么解释，白瑞德都意兴阑珊。他们回忆起过去的种种，发现了许多误会。思嘉说自己其实很早之前就爱上他了，只是一直没意识到。白瑞德表现得很无所谓。他说，他对思嘉的爱已经枯竭了。但思嘉说，爱是不会枯竭的，白瑞德却说，她对希礼的爱才是不会枯竭的。

最后，白瑞德说，他要回家去了，回到自己的家族中去，他已经四十五岁了。到了这个年纪，他突然觉得，过去不在乎的东西才是真正重要的。他还安慰思嘉，说她现在才二十八岁，完全可以开始一段新的生活，但如果她真的不愿意离婚，自己也会经常回来，做做样子给别人看。不管思嘉怎么解释和劝说，白瑞德还是走了。

思嘉好好地想了一番，如果自己过去就了解希礼，她绝不会爱上他；而如果过去就了解白瑞德，或许现在就不会失去他了。她真的不想让白瑞德走，更不想失去他。最后，她想起了塔拉，想起了那片红色的土地。

想到这些，她扬起了下巴。她能够重新得到瑞德，她知道自己能做到。"明天再想吧，明天又是新的一天。"

Chapter 9

百年孤独·家族七代人的传奇故事

「人生百年，大部分人都是生于平凡，又死于孤独。」

——麦家

诺贝尔文学奖得主加西亚·马尔克斯的代表作，被《纽约时报》评为"《创世纪》之后，首部值得全人类阅读的文学巨著"。被译为四十余种语言，全球销量超五千万册。

Step 1

1982年，瑞典文学院将诺贝尔文学奖颁发给马尔克斯的时候，说"《百年孤独》乃是过去五十年来所有语言中最伟大的杰作"。《纽约时报》也评价说，《百年孤独》是"《创世纪》之后，首部值得全人类阅读的文学巨著"。

《百年孤独》讲述了一个百年大家族，历经七代都没能摆脱孤独，最终被大风吹走的传奇故事。整个故事，是围绕着一本羊皮手稿展开的，家族前五代人想方设法破译这本羊皮手稿究竟写了什么，但一直没能成功。

直到家族第六代继承人最终破解出来，才发现写的是对这个家族的预言："家族中的第一个人将被绑在树上，家族中的最后一个人被蚂蚁吃掉。"

《百年孤独》的第一句话写道："多年以后，奥雷里亚诺上校站在行刑队面前，准会想起父亲带他去参观冰块的那个遥远的下午。"

而这个故事最初是从布恩迪亚和乌尔苏拉开始的。他们是表兄妹，两人青梅竹马，两小无猜。但当他们长大后提出要结婚时，却遭到了双方家长的强烈反对。

原来在他们村落里有过"近亲结婚"的先例，生下来一个长着猪尾巴的孩子，人未到中年便不幸去世。但这"诅咒"并没能阻挡二人在一起的念头，他们还是成婚了。

婚后，乌尔苏拉因母亲的警告，生怕自己会重蹈覆辙，便整日穿着守贞裤，不肯与丈夫同房。不久，这件"夫妻房中事"便人尽皆知。

邻居普罗登肖嘲笑布恩迪亚不通人道，两人因此决斗，普罗登肖被长矛刺中咽喉，登时毙命。布恩迪亚则在回家后，强制与妻子同房："你生下蜥蜴，咱们就抚养蜥蜴，可是村里再也不会有人由于你的过错而被杀死了。"

流言制止了，普罗登肖的鬼魂却从此缠上了这一家。

无奈之下，夫妻二人只得远走他乡。经过两年的长途跋涉，终于在一条人迹罕至的小河边建村定居，并给村庄取名为"马孔多"。

几年之后，马孔多人口增至三百人。而好景不长，吉卜赛人带来了一些村民们从未见识过的新鲜玩意儿。这着实让布恩迪亚着了迷，自此足不出户，终日埋头搞研究，从一个勤劳能干的出色青年变成了一个想入非非、不务正业的老顽固。

最开始，他用一匹骡子和两只山羊置换了两块磁铁，妄想靠磁铁来淘金。他用磁铁勘察了周围地区的每一寸土地，甚至河床。但掘出的唯一东西，是 15 世纪一件生锈到变形的铠甲。

后来，他又用这两块磁铁加上三枚金币置换了望远镜和放大镜，企图靠放大镜聚焦太阳光来制造武器。他甚至写了一封很长的信上交给政府，却迟迟没有得到回应。于是他放弃了这一想法，转而投入到下一次的疯狂中。

这一次，他获得了航海图和航海仪器，经过长期熬夜和冥思苦想，精疲力竭的他终于得意扬扬地宣布了自己的发现：地球是圆的，像橙子。而这一在他看来极其了不起的发现，在马孔多以外的世界里，早已是公认的事实。

再后来，他获得了炼金实验室设备，并以饱满的热情全心投入到炼金大业中，把三十枚好端端的金币烧成了焦煳的渣滓……

相比之下，他的妻子乌尔苏拉就显得能干得多——她建成了当时镇上最大最豪华的房子。房子是她独自设计的，资金是她靠卖糖果一点一滴攒下的。毫不夸张地说，是这个瘦弱的女人撑起了整个家庭。

甚至在马孔多镇饱经战乱而群龙无首的时候，也是她凭借威信掌管了市镇，才使其渐渐恢复了以往的平静生活。

她是这个百年大家族中寿命最长的人，见证了家族的兴衰更替，用瘦弱的身躯守护了一代又一代的子孙。

Step 2

布恩迪亚将炼金术传给了两个儿子，但兄弟二人的反应却截然不同。

布恩迪亚把提炼出的金子——一块微黄的干硬东西拿到大儿子阿尔卡蒂奥眼前，问道："你看这像什么？"

阿尔卡蒂奥直耿耿地回答："像狗屎。"

哥哥胸无大志，弟弟奥雷里亚诺却沉迷此道，厌炼金术来锻造首饰和小金鱼。除了吃饭，他几乎不到试验室外面云。

父亲布恩迪亚对他的孤僻感到不安，给了他房门钥匙和一点钱，让他出去找女人。奥雷里亚诺却转眼就拿钱买了盐酸，制成王水，给钥匙镀了金。

奥雷里亚诺自小便与众不同，他是睁着眼睛出生的，并有与生俱来的预言能力。

有一次，母亲乌尔苏拉将罐子好端端放在桌子上，奥雷里亚诺突然冷不丁地预言说罐子会摔碎，结果真就莫名其妙地应验了。

还有一次，奥雷里亚诺突然拿眼睛盯着母亲，把她弄得手足无措起来。

"有人就要来咱们这儿啦。"他说，"我不知道来的人是谁，可这个人已在路上啦。"

果不其然，几日后，丽贝卡来到了这个家。她自称是布恩迪亚家的一门亲戚，尽管无据可查，但善良的乌尔苏拉还是把她收作了养女。多年后，感情不顺的丽贝卡最终嫁给了大儿子阿尔卡蒂奥。而那时候的阿尔卡蒂奥，已经完全换了一个人。

早年时期的阿尔卡蒂奥胸无大志，浑噩度日。先是跟占卜女郎私通生下一子，后又随着心爱的吉卜赛女郎离家出走多年。

返家后因一意孤行地要与丽贝卡结婚而被母亲赶出家门。

"她是你的妹妹呀！"

"这不要紧。"

"这是违反自然的，此外，也是法律禁止的。"

"我不在乎自然。"

最终，阿尔卡蒂奥被不知凶手的暗枪杀于家中，了此一生。

二儿子奥雷里亚诺注定是与众不同的存在，长大后，他因为信仰加入了自由党，却渐渐迷失了方向。

最初的他，是充满正义感的。面对自由党人为党派之争的大肆屠杀，他义愤填膺地反对："你不是什么自由党人，你只是一个屠夫。"

但后来，他却变成了脚穿高筒皮靴、肩挎步枪的暴动分子。当他一向尊敬的岳父斥责他草菅人命，他却对此不屑一顾。

"奥雷里亚诺，这是发疯。"

"这不是发疯，这是战争。别再叫我奥雷里亚诺，从现在起，我是奥雷里亚诺上校了！"

奥雷里亚诺上校共计发动了三十二次武装起义，均遭失败。他还遭到过十四次暗杀、七十三次埋伏和一次枪决，都幸免于难。

之后，他喝了一杯掺有士的宁①的咖啡，剂量足以毒死一匹马，可他却活过来了。

大难不死的经历让他完全变了个人。曾如此热衷于战争的他，再回到马孔多时，却割舍下一切，对部下说："别拿鸡毛蒜皮的事来打扰我啦，你去请教上帝吧。"

他拒绝了共和国总统授予他的荣誉勋章，拒绝了政府给他的终身养老金，直到年老都在马孔多作坊里制作小金鱼。做了熔化掉，然后重新做，周而复始，孤独终老。纵使一生波澜壮阔，可最后还是无法挣脱家族的宿命，不可避免地重回孤独。

他曾跟不同的女人生了十七个儿子，却无一人幸存。最终，孑然一身的他在树下小解时站着死去。

家族第二代的这对兄弟，最终都死于非命。

---

① 一种毒药。

Step 3

丽贝卡刚来到马孔多的时候，有个极其不好的习惯。

她不肯吃饭，只在别人看不到的时候，靠吃手、吃泥土、吃从墙上挖下来的灰充饥。在乌尔苏拉耐心地帮助下，情况才慢慢好转。但每当她遇到难以忍受或不知所措的状况时，这一坏习惯就会卷土重来。

此外，丽贝卡还有这个城镇不曾出现过的大问题——失眠症。某天夜里，保姆偶然醒来，发现她"坐在摇椅里，把一个指头塞在嘴里，在黑暗中，她的两只眼睛像猫一样闪亮"。

很快，马孔多镇所有的人都染上了这种病。先是布恩迪亚在床上翻来覆去合不上眼，再是乌尔苏拉一分钟没睡却依旧精神饱满，再是奥雷里亚诺在实验室待了整整一夜却精神抖擞……五十多个小时后，大家仍然合不上眼。

随着病症恶化，人们开始健忘，记不清许多东西，甚至忘记了每天都用的工具的名字。

奥雷里亚诺把名字记在小纸片上，贴在物品上面，很快得到了推广："桌""钟""门""墙""床""牛""山羊""香蕉"……渐渐地，城镇里的每样东西都被贴上了标签。

可后来，即使人们根据标签记起了名称，也忘记了它的用途。于是他们记忆的方式变得无比复杂——比如给乳牛脖子上挂一块牌子，写着"这是一头乳牛。每天早晨挤奶，就可得到牛奶，把牛奶煮沸，掺上咖啡，就可得牛奶咖啡"。

人们生活在经常遗忘的境况里，浑浑噩噩。直到一位老人的到来，才拯救了一切。老人从箱子里掏出一小瓶颜色可爱的药水，马孔多的居民们喝下后，回归了正常。

后来，丽贝卡和乌尔苏拉的女儿阿玛兰妲同时爱上了有绅士风度的意大利钢琴技师皮埃特罗，而皮埃特罗也爱上了丽贝卡，二人决定成婚，却遭到了阿玛兰妲的百般阻挠。无奈之下，乌尔苏拉只得把阿玛兰妲带到外地度假。

阿玛兰妲临走前对丽贝卡大叫道："你别做梦！哪怕他们把我发配到天涯海角，我也要想方设法使你结不了婚，即使我不得不杀死你。"

第一次婚礼前夕，准新郎皮埃特罗收到了一封通知他母亲病危的信。而当他马不停蹄赶回去后，却发现母亲好端端的。皮埃特罗没能赶上婚礼，那封倒霉的信究竟是谁写的，因缺乏证据，始终无法定论。

第二次，婚礼好巧不巧赶上教堂要翻新，阿玛兰妲建议婚礼和教堂揭幕一起办，会显得更有意义。丽贝卡试图阻止，她认为"建筑进度很慢，教堂最快十年才能竣工"，却无果。

第三次，阿玛兰妲在教堂竣工两个月前掏出丽贝卡藏在结婚的衣服里的樟脑球。当丽贝卡发现时，缎子衣服、花边头纱，甚至香橙花花冠，都给虫子蛀坏了，变成了粉末。"尽管她清楚地记得，她在衣服包卷下面撒了一把樟脑球，但是灾难显得那么偶然，她就不敢责怪阿玛兰妲了。"

然而距离婚礼不到一个月时，新衣服缝好了。这让阿玛兰妲如临大敌，她坚信：如果她想不出什么办法来最终阻挠这场婚礼，那么到了一切幻想都已破灭的最后时刻，她就不得不鼓起勇气毒死丽贝卡了。

婚礼最终没能进行，因为死了人。但死的不是丽贝卡，而是哥哥奥雷里亚诺之妻——纯真可爱的蕾梅黛丝，她误食了阿玛兰妲原本给丽贝卡下的毒药。

自此，"丽贝卡失去了希望，精神委顿，又开始吃土。"

而蕾梅黛丝的意外死亡，也让阿玛兰妲充满负罪感，长久活在愧疚与不安之中。所以当她的心上人皮埃特罗最终投入她的怀抱时，阿玛兰妲毅然拒绝了，皮埃特罗说尽了哀求的话，卑屈到了不可思议的地步，仍旧无济于事。最终，他绝望地割腕自杀。

再后来，阿玛兰妲跟侄子乱伦，爱上了哥哥的军人朋友，却终身未嫁。

Step 4

接下来，我们聊聊第三代一对同父异母兄弟的奇幻经历。

阿尔卡蒂奥出生时，父亲阿尔卡蒂奥刚好处于跟着吉卜赛女郎离家出走期间。而阿尔卡蒂奥正是其父亲当年与占卜女郎私通，所生下的那个男孩。

为了表达对儿子的思念，乌尔苏拉便给孙子取了和儿子一模一样的名字，以寻求一种精神上的安慰。

叔叔奥雷里亚诺在离开前嘱咐他，要守好这个镇子，让它变得更好。

阿尔卡蒂奥对这个叮嘱作了十分独特的解释。他没有想着怎么把这个镇子变得更好，而是想着怎么把自己的地位变得更高。他给自己设计了一套制服，上面配了元帅的绸带和肩章，还在腰边挂了一把带有金色穗子的军刀。

他在市镇入口处安了两门大炮，给学生们穿上军服武装起来，让他们耀武扬威地走过街头，以显示这个镇子的坚不可摧。

但这一切并没有什么用，在政府的猛攻下，镇子不到半小时就沦陷了。

阿尔卡蒂奥在掌政之初，对发号施令表现出了极大的爱好。有时，他一天发布四项命令，想干什么就干什么。

起初，谁也没有认真看待这些。直到他杀鸡儆猴，把不尊重自己的号手给枪毙了，才摆脱了"闹着玩儿"的即视感。

"你是杀人犯！"祖母乌尔苏拉每次听到他横行霸道的行径，都会向他叫嚷。

但阿尔卡蒂奥依然我行我素，不断加强这种毫无必要的酷烈手段，终于成了马孔多不曾有过的暴君。

在阿尔卡蒂奥又一次准备发出"开枪"命令时，乌尔苏拉气急败坏地阻止他，追着抽打他，直到他的制服被扯破，颜面扫地。

哪里有压迫，哪里就有反抗。最终，"暴君"阿尔卡蒂奥被推翻，在墓地的墙壁前面被枪决了。

他生前最后的要求是："请告诉我老婆，让她把女儿取名叫乌尔苏拉，像祖母一样叫作乌尔苏拉。如果将要出生的是个男孩，就管他叫霍·阿尔卡蒂奥，这是为了尊敬我的祖父。"

在阿尔卡蒂奥身上，应验了布恩迪亚家族"乱伦"的魔咒：他自小不知生母为谁，竟狂热地爱上了自己的生母，几乎酿成大错。

而和阿尔卡蒂奥一样爱上不该爱的人的，还有他同母异父的弟弟奥雷里亚诺·何塞，他疯狂地爱慕着自己的姑姑阿玛兰妲。是的，奥雷里亚诺·何塞，正是占卜女郎与奥雷里亚诺上校私通生下的孩子。

对于侄子的这份禁忌之爱，姑姑阿玛兰妲忽冷忽热。她一边把奥雷里亚诺·何塞看成自己亲手带大的"小屁孩"，一边和他干着有违身份的勾当。直到阿玛兰妲被这份狂热灼烧地喘不过气，才义正词严地拒绝。

奥雷里亚诺·何塞却从来没有停止过对姑姑阿玛兰妲的欲念。某天，他在听到一个老头讲姑侄结婚的故事后，大喜过望："难道可以跟亲姑姑结婚吗？"

得到肯定回答，他第一时间回了家。阿玛兰妲骂他："你是野兽！难道你不知道，只有得到罗马教皇的许可才能跟姑姑结婚？"

奥雷里亚诺·何塞答应前往罗马，爬过整个欧洲，去吻教皇的鞋子，只要阿玛兰妲答应与自己结婚。

"问题不光是许可。"阿玛兰妲反驳，"这样生下的孩子都有猪尾巴。"

"哪怕生下鳄龟也行。"他说。

对阿玛兰妲所说的道理，他根本听不进去，对于无法扭转的现实，他更是心灰意冷。他只得参军，借以打发凄苦的时光。但即使在军队，他想的也是姑姑阿玛兰妲。

最终，奥雷里亚诺·何塞死于乱军枪杀。

至死，他都没放下心底这份不该有的执念。

Step 5

暴君阿尔卡蒂奥被枪决前，最后的要求是用祖父母的名字为孩子取名。孩子生下来了，是个女孩，名字不叫乌尔苏拉，而是蕾梅黛丝，以怀念第二代那个误食阿玛兰妲毒药而红颜早逝的蕾梅黛丝。

蕾梅黛丝美得惊为天人，通过她，我们来聊聊家族第四代成员的爱恨情仇。

蕾梅黛丝跟其他女性不同，她看起来似乎不属于这个世界。脱离儿童时代后，还学不会自己洗澡、穿衣；到了二十岁，还不会读书写字和使用餐具。

她喜欢赤身露体在屋子里走来走去——她的天性是反对一切规矩。

当年轻的军官向她求爱时，她拒绝了他，只是因为她对他的轻率感到奇怪："瞧这个傻瓜，他说他要为我死，难道我患了绞肠痧不成？"

在奥雷里亚诺上校看来，仿佛有一种超自然的洞察力使她能够撇开一切表面现象，看见事物的本质。她不是所谓的"呆子"，而是相反的人。

她仿佛停留在美妙的青春期，越来越讨厌各种陈规，越来越不在乎别人的嫌厌和怀疑，只在自己简单的现实世界里寻求乐趣。

她不明白女人为什么要穿复杂的胸罩和裙子，便拿粗麻布缝了一件从头上直接套的肥大衣服，一劳永逸地解决了穿衣问题；家人劝她把长而蓬松的头发剪短一些编成辫子，她听了腻烦，干脆剃了光头……

她下意识地喜欢简单，但她越摆脱时髦、寻求舒服，越坚决反对陈规、顺从自由爱好，她那惊人之美就越动人，对男人就越有吸引力。

蕾梅黛丝身上散发的不是爱情的气味，而是死亡的气味。最后，她神奇地抓着一个雪白的床单乘风而去，永远消失在空中。

蕾梅黛丝有两个亲哥哥，都是暴君阿尔卡蒂奥的孩子，名字延续了长辈的名字，分别叫作阿尔卡蒂奥第二和奥雷里亚诺第二。

阿尔卡蒂奥第二和奥雷里亚诺第二是一对孪生兄弟，他俩如此相似，连生母都难以分清。

他们时常恶作剧，故意交换象征身份的衣服和手镯，甚至用自己的名字来称呼对方。

从那时起，谁也搞不清他们谁是谁了。

他俩的主要区别是在战争最激烈时表现出来的：阿尔卡蒂奥第二请求去看行刑，奥雷里亚诺第二却对此感到浑身哆嗦，宁肯待在家里研究梅尔加德斯留下的羊皮手稿。

奥雷里亚诺第二长大后性格突变，终日纵情酒色，弃妻子于不顾，在情妇家中厮混。

奇怪的是每当与情妇同居，他家牲畜便能迅速繁殖，带来财富，而一旦回到妻子身边，便家业破败。

某天黎明，他神气活现地回到家里，拿着一箱钞票、一罐糯糊和一把刷子，把整座房子——里里外外和上上下下——都糊上钞票。裱糊完毕，还把剩下的钞票扔到院里，简直财大气粗！

阿尔卡蒂奥第二则胸无大志，无所事事，终日斗鸡。直到香蕉公司建立后，才摇身一变成了工会的一个小头头。

他和其他的工会头头组织示威游行，却在一夜间被一伙士兵从床上拖了起来，戴上五公斤重的脚镣，扔进了省城的监狱。

自此，香蕉工人大罢工爆发了。

阿尔卡蒂奥第二苏醒时，是仰面躺着的，周围一片漆黑。他明白自己是在一列顽长、寂静的火车上，躺在一些尸体上，尸体塞满了整个车厢。

幸存的阿尔卡蒂奥第二跳火车逃生了，当他回到马孔多时，却没有发现大屠杀的任何痕迹。

那些血淋淋的记忆是如此真实而鲜活，却被所有人选择性地"遗忘"或闭口不提，反而对唯一清醒的人说"是你搞错了"。

作为唯一的清醒者，阿尔卡蒂奥第二心灰意冷，沉迷于研究羊皮手稿，了此残生。死亡当天，他的兄弟奥雷里亚诺第二也因突如其来的病痛，同时死去。

Step 6

家族第五代唯一的男性何赛·阿尔卡蒂奥，自出生就肩负着"成为主教，复兴家族"的使命，尽管他本人对这一使命毫无兴趣。甚至仅在罗马求学了几天，就离开了宗教学校。

但他"继续维持着关于自己正在学习神学和宗教法规的假象，为的是不失掉一份幻想中的遗产——他母亲那一封封荒诞的信曾一再提到过这份遗产"。

他借口希望修完高等神学课程之后继续学习外交课程，一次次拖延回家的时间，母亲菲兰达不仅不见怪，反而为此感到高兴。

她知道，要想爬到圣徒彼得①的地位是困难重重的，这个梯子弯弯曲曲，又高又陡。

所以当儿子告诉她"他看见了教皇"这种在别人看来平常不过的消息，她同样感到欣喜若狂。

直到她病发身亡，何赛·阿尔卡蒂奥才回归家园。

他俯身在已故的母亲额头上吻了一下，便从她裙子的贴身口袋里掏出一把衣橱钥匙，去开一个刻着族徽的首饰箱。令他失望的是，首饰箱里什么财物都没有，只有一封母亲写给他的长信。

此后，何赛·阿尔卡蒂奥夜夜笙歌，召集一群男孩参加聚会。

---

① 耶稣十二门徒之一。

某天，四个男孩无意中发现了乌尔苏拉藏的金子，这使得何赛·阿尔卡蒂奥突然变成了有钱人！

但他没有去实现自己穷困时代梦寐以求的理想，也没有带着这突然降临的财富回罗马去，而是把父母的房子变成了一片荒弃的乐土。

"他更新了卧室里的丝绒窗帘和天盖形花帐幔，又叫人在浴室里用石板铺地，用瓷砖砌墙。餐厅里摆满了糖渍水果、熏制腊味和醋腌食物。关闭的储藏室又启开了，里面放着葡萄酒和蜜酒……"

他赶走了那四个发现金币的野男孩，却得到了他们残忍的报复。在何赛·阿尔卡蒂奥洗澡时，他们扑进浴池，揪住他的头发，把他的脑袋按在水里，直到水面不再冒出气泡，直到他无声的苍白的身躯沉到香气四溢的水底。

何赛·阿尔卡蒂奥有个亲妹妹叫梅梅，他们都是布恩迪亚家族延续到第五代的孩子。

梅梅本是个阳光明媚的女孩子，她每天最爱的活动就是看书、绣花。直到遇见机修工马乌里肖·巴比伦，一切都发生了转变。

"她睡不着觉，吃不下饭，陷入孤独，她抛弃了自己的女友，逾越了一切常规，只要能跟他相会就行——不管什么地方，也不管什么时候。"

梅梅喜欢马乌里肖·巴比伦的爱抚，并为此失去了平静，她为他低到尘埃里，仿佛活着唯一的理由就是为了他。直到有一次，二人在电影院接吻时，被跟踪而来的母亲菲兰达发现，这份地下恋情才摊到明面上来。

次日，马乌里肖·巴比伦特意把自己收拾妥当前来拜访。但却被菲兰达嫌弃地位低下。菲兰达不让他开口，甚至不准他进门。"走开。"她说，"规矩人家用不着你来串门。"

　　除此之外，为了阻止二人约会，菲兰达还借口有人偷她的鸡，安排了保镖守在家里。

　　马乌里肖·巴比伦因爬梅梅家的屋顶，被保镖打中背部，终日卧病在床，不幸身亡。直到死，还被人骂作"偷鸡的贼"。

　　梅梅万念俱灰，至死不发一言。母亲却认为家丑不可外扬，将怀着身孕的她送往修道院。

　　"菲兰达未作任何解释，梅梅也没要求和希望解释。梅梅不知道她俩要去哪儿，然而，即使带她到屠宰场去，她也是不在乎的。自从她听到后院的枪声，同时听到疼痛的叫声，她就没说一句话，至死都没有再说什么。"

Step 7

除了何赛·阿尔卡蒂奥和梅梅，布恩迪亚家族第五代还有一个女孩，那就是阿玛兰妲·乌尔苏拉。她是奥雷里亚诺第二的女儿，跟何赛·阿尔卡蒂奥与梅梅是堂兄妹。

阿玛兰妲·乌尔苏拉是这个"百年孤独"大家族中唯一的例外，是这么多后代中最像"家族活化石"乌尔苏拉的人。她青春洋溢，充满生命力，高昂的情绪点燃了整个死气沉沉的家族。

她早年在布鲁塞尔上学，嫁给飞行员加斯通后回归马孔多，以饱满的热情试图重建家园。

在她回来三个月以后，人们又可以呼吸到曾经那种朝气蓬勃、愉快欢乐的气息了。

外甥奥雷里亚诺·布恩迪亚表现出对她的爱慕。这个外甥，就是梅梅当年怀着身孕被送往修道院后，生下的孩子，他学问很高，特别热衷于研究神秘的书籍，以及那本留下来的羊皮手稿。

阿玛兰妲·乌尔苏拉在打开一个桃子罐头时，不小心划破了手指。奥雷里亚诺·布恩迪亚冲上来热心而贪婪地把血吮出来。这使她的脊梁骨一阵发凉，在这之前她根本没有想到，她对他有一种超过姨甥般的感情。

丈夫加斯通又恰好因事业上的麻烦不得不暂时重返布鲁塞尔，就在他离去的期间，这对姨甥因狂热的爱欲走到了一起。他们竭力克制着自己的冲动，只是单独在一起时，才置身于长期受到压抑的狂热的爱情中。

自此，她不再热衷于劳动，他也不再执着于钻研羊皮手稿。

阿玛兰妲·乌尔苏拉给丈夫写了一封信，信的内容充满了矛盾。她向加斯通保证说，她很爱他，十分希望重新见到他，但同时又承认她怎样受到了命运的不幸安排，没有奥雷里亚诺·布恩迪亚，她就活不下去。

跟他俩的担忧相反，加斯通回了一封极其平静的信，几乎像是父亲写的信，信的结尾毫不含糊地祝愿他俩幸福，就像他自己在短暂的夫妻生活中感到的那样。

丈夫的痛快放手让阿玛兰妲·乌尔苏拉备受侮辱，但同时，她也为终于能跟奥雷里亚诺·布恩迪亚名正言顺在一起而感到满足。

不久后，阿玛兰妲·乌尔苏拉怀孕了。

这孩子命中注定将要重新为这个家族奠定基础，将要驱除这个家族固有的致命缺陷和孤独性格，因为他是百年里诞生的所有的布恩迪亚当中唯一由于爱情而受胎的婴儿。

出乎意料的是，这个爱情结晶的到来，不仅葬送了阿玛兰妲·乌尔苏拉年轻的生命，也葬送了布恩迪亚家族百年的历史积淀。

因为他赫然是家族第一代人极度惧怕，却在第七代时姗姗来迟的异类——长着猪尾巴的婴儿。

阿玛兰妲·乌尔苏拉因产后大出血死亡后，奥雷里亚诺·布恩迪亚悲痛欲绝，借酒消愁，把孩子忘到了脑后。当他终于记起时，才发现儿子仅剩下一块皱巴巴的被蚂蚁咬烂了的皮肤。

奥雷里亚诺·布恩迪亚一下子呆住了，但不是由于惊讶和恐惧，而是因为在这个奇异的一瞬间，他感觉到了最终破译梅尔加德斯密码的奥秘。

他记得羊皮纸手稿的卷首上有那么一句题词，跟这个家族的兴衰完全相符："家族中的第一个人将被绑在树上，家族中的最后一个人将被蚂蚁吃掉。"

就在他译完羊皮纸手稿的最后瞬间，马孔多这个镜子似的城镇，被飓风从地面上一扫而光，从人们的记忆中彻底抹掉，不复存在。

文中这样写道："无论走到哪里，都应该记住，过去都是假的，回忆是一条没有尽头的路，一切以往的春天都不复存在，就连那最坚韧而又狂乱的爱情，归根结底也不过是一种转瞬即逝的现实，唯有孤独永恒。"

这是一场长达百年、历经七代的盛大送葬。

家族的每一代都想方设法摆脱孤独，却终究重回孤独，最后死于孤独。

Chapter

10

丰乳肥臀 · 活着的人要继续活下去

『生命就是一连串的逝去，
我们却要坚强地活着。』

莫言

诺贝尔文学奖得主莫言心目中的代表作。高密东北乡的不朽"圣经"。关于一位历经苦难的母亲、八个命运各异的女儿和一个心理畸形的混血儿子的故事。

Step 1

莫言，原名管谟业，1955 年出生于山东省高密东北乡，是我国第一位诺贝尔文学奖获得者。获奖理由是：将迷幻现实主义与民间故事、历史以及当代社会现实相融合。

他的小说构思独特，充满天马行空的想象力，深受拉美魔幻现实主义影响。据说，当年莫言读马尔克斯的《百年孤独》，才翻了几页，就有了创作的冲动。小说中的一处情节写到，有一个人拿着磁铁在街上走，把人家家里的铁盘子、铁钉子给吸了出来，跟着磁铁走。这种魔幻现实主义创作一下子把莫言多年的记忆给激活了，因此他还没读完就放下书开始写小说。

那本与《百年孤独》笔法类似的作品就是《丰乳肥臀》。这两部作品，都采用魔幻现实主义的表现手法，叙述了各自家族的百年历史。《百年孤独》中有一出生就睁着眼的传奇人物奥雷里亚诺上校；《丰乳肥臀》中有生下来就霸道，长大后成为恋乳癖的上官金童。

翻开《丰乳肥臀》这本书，我们可以看到一行字——"谨以此书献给母亲在天之灵"。

本书是莫言献给母亲的，也是他献给天下母亲的。小说讴歌了缔造生命的母亲，伟大、无私的品质和坚韧的生命力。

著名作家汪曾祺曾经评论说："这是一部严肃、诚挚，具有象征意义的作品，对中国的百年历史有很大的概括性。这是莫言小说的突破，也是对中国当代文学的一次突破。"

挚友麦家也曾表示："在莫言的所有长篇小说中，我最喜欢《丰乳肥臀》……莫言兄不可思议地找到了最适合自己的表达方式，那种既肉感又灵性、既粗粝又细腻、既野蛮又优美的'狂欢化'文体，开创了一个时代的文学疆域和记忆。"

这部小说围绕一位历经苦难的母亲和她的儿孙们，写尽了小人物在大时代的历史变迁面前，无常的命运和在夹缝中求生存的艰难处境。

这部作品在时间跨度上，从民国初期一直延续到改革开放时期。书中的母亲上官鲁氏，原名鲁璇儿。她被公婆和丈夫视为传宗接代的生殖机器，受尽摧残与压迫。为了反抗这种压迫，鲁氏不声不响地借种生育了自己的八个女儿和一个儿子。他们分别是大姐来弟、二姐招弟、三姐领弟、四姐想弟、五姐盼弟、六姐念弟、七姐求弟、八姐玉女和最小的儿子上官金童。

鲁氏的生育史也是一部苦难史，每一个孩子的孕育都是奔着生儿子去的，但是次次失望。公婆和丈夫从未拿她当人待，非打即骂。好不容易熬过生育的苦难，日本侵略者又来了，公公和丈夫死在日本兵手里，强势的婆婆疯了，而鲁氏又开始了养儿育女的艰难求生路。

上官家的女儿们一个个都是倔脾气，一旦认准一个人、一件事，就会死磕到底，一条路走到黑。这种品性在大姐来弟、二姐招弟、五姐盼弟爱上不同阵营的男人之后，掀起了家族内互相绞杀的腥风血雨。而这一切的苦难却要由她们的母亲一人来承担。

再看看书中的第一人称叙述者上官金童，生的黄发碧眼，俊美异常，但他却是一个恋乳癖患者，发生在他身上的又是一出另类的悲剧。

母亲用肥臀生育后代，用丰乳养育儿女。在乱世之中，支撑起一个家，带领着儿孙们逃亡、躲饥荒，艰难度日，迎接着生的希望和死的悲伤。

本书中的母亲，也是天下所有受苦受难的母亲群体的一个缩影。

Step 2

大清光绪二十年，鲁璇儿只有六个月大，她的父母死于德国人修筑胶济铁路所引发的冲突之中。之后，鲁璇儿被大姑姑和大姑父于大巴掌接回了家。

大姑姑本着把侄女打造成最标准的淑女的目的，让鲁璇儿从五岁便开始裹足，十六岁裹脚大业已成。却不料时代变了，小脚已经不再流行，反而成了封建余毒。大姑姑调教出的娘娘坯子，就便宜了铁匠上官福禄的儿子上官寿喜。

转眼间，鲁璇儿和上官寿喜结婚三年了，还是没有孩子。动辄被婆婆打骂，被丈夫虐待。

姑姑做主，让丈夫于大巴掌带璇儿到县城去看妇科。经过检查，璇儿没有病。也就是说，有病的是上官寿喜。姑姑本来要去找上官吕氏算账，但走到大门口就折了回来。

这天夜里，姑姑逼着于大巴掌上了醉酒侄女的床，来年春天，鲁璇儿生下了大儿女上官来弟。二女儿上官招弟也是于大巴掌的种子。

招弟满月后的一个中午，婆婆吩咐上官鲁氏去芦塘边捞螺蛳喂小鸭。鲁氏胡思乱想着丈夫和婆婆对自己的虐待，考虑着应该再寻觅个好男人生儿子，却不知不觉在芦苇荡中迷了路。

在芦苇荡深处，鲁氏遇到了那个去村里赊小鸭的男人。鲁氏的三女儿就在芦苇荡里怀上了，生父就是那个赊小鸭的男人。

四女儿上官想弟，生父则是一位走街串巷的江湖郎中。怀着对上官家的满腔仇恨，鲁氏把自己的身子交给村口打狗卖肉的光棍汉糟蹋了三天，生了第五个女儿上官盼弟。六女儿上官念弟，生父是天齐庙里俊俏的和尚。七女儿上官求弟，是鲁氏被四个败兵强奸所生。

连续生下七个女儿，上官寿喜直接抄起门后的棒槌，对准老婆的头就砸了下去，鲜血一下子喷溅在墙上。这还不解气，上官寿喜从铁匠炉里夹出一块烧红的铁，烙在了妻子的双腿之间。

很快，鲁氏被烫伤的下体开始腐烂化脓，她自觉命不久矣，便搬去了西厢房。然而天无绝人之路，1938年初夏，鲁璇儿和马洛亚牧师这一对伤痕累累的情人，相爱在一片香飘四溢的槐花林里。

槐花林里的爱情也有了结晶。上官鲁氏要生产了，恰好家里的黑驴也要生，全家人都忙活黑驴去了，根本顾不得她的死活。

在剧烈的疼痛中，鲁氏听到从高高的空中传来一声枪响，接着是福生堂大掌柜司马亭的喊叫："日本鬼子要来了，乡亲们快跑呀！再不跑就来不及了！"

西厢房里，上官家的黑驴难产了，腿卡住了。上官父子听着司马亭的吆喝，也想跑，可当家人上官吕氏不让。吕氏吩咐儿子去请樊三大爷来给驴子接生。看在上官家的驴配的是樊家马的分上，樊三给驴灌了祖传催生药，用手把小骡驹掏了出来。

此时日本人从河里杀过来，跟沙月亮的游击队干上了。惨烈的是十几个游击队员全都被日本人杀死了，只有沙月亮受伤后昏倒在地逃过一劫。上官家的女儿们躲进了河堤下的胡麻棵里也免遭一劫。

被众人遗忘的上官鲁氏，终于被忙完黑驴的婆婆想起来了。鲁氏也难产了，婆婆求樊三为媳妇接生，樊三一看产妇，不行，只能去请村里的孙大姑来接生。上官吕氏把孙大姑请进家门时，日本人的马队正在蛟龙河桥头践踏游击队员的尸体。

孙大姑为鲁氏接生了一对奄奄一息的龙凤胎，女孩是姐姐上官玉女，男孩是最小的上官金童。

孩子刚一落地，院子里的上官父子就双双被日本兵杀害了。上官吕氏见了这幅情景，昏倒在产房门口，醒来后就疯了。

非常魔幻的是，日本兵杀了鲁氏的丈夫和公公，却出于宣传目的救治了产后的鲁氏母子。日本战地记者用相机拍下了救治过程，登载在报纸上作为中日亲善的证明。

Step 3

　　这一年的中秋节上午，沙月亮带着他的黑驴鸟枪队兴高采烈地进了村。招待酒席上，司马亭和沙月亮商定好，鸟枪队集中到教堂喂养，队员分散到各家各户去住，而鸟枪队队长沙月亮则看上了花蝴蝶一样上官来弟的鲁氏家里。

　　当沙月亮在鲁氏家里跟金童的大姐来弟套近乎时，金童的母亲却在教堂被五个鸟枪队队员按在地上轮奸了。

　　这年冬天，正当鲁氏为女儿们没有棉衣过冬而准备卖小骡子时，消失了三天的沙月亮带着一大包袱皮毛大衣回来了。上官鲁氏和九个子女，人手一件。

　　沙月亮开始追求上官来弟，可鲁氏坚决反对。她亲自去找了樊三大爷，说是报答孙大姑接生之恩，把来弟许给了孙家大哑巴。不料当天夜里，来弟就跟沙月亮跑了。

　　欠了哑巴的，以后会还上。眼前的这个奇冷的冬季，鲁氏一家靠着沙月亮的皮毛大衣、半厢房麦子和一地窖萝卜平安向春天过渡。

　　金童的二姐招弟如母亲预感的那样，上演了来弟的故事，追随爱情，做了司马库的四姨太。

　　元宵节刚过，日本人就来了。鲁氏带着金童和他的六个姐姐躲进了萝卜窖子。司马家十几口人都被杀了，二姐招弟给母亲送来了司马家幸存的唯一男婴司马粮，又跟着司马库走了。

当这一波灾难过去，鲁氏家东厢房的麦子没有了，骡子和驴子也没有了。没有吃的，母亲和金童的姐姐们，就走出村子，捞鱼捕虾、挖野菜。司马粮已经断奶，能喝鱼汤了，只有金童还在吃母乳。

到了6月，村里来了一群外乡人。其中有一位叫鸟儿韩的捕鸟专家，对三姐领弟很是照顾，总是打鸟送给领弟。这样预计，上官家很可能再多一位捕鸟专家做女婿。

谁料，鸟儿韩竟然被日本人抓了壮丁押去日本。此后，三姐招弟神经受刺激，成了"鸟仙"。"鸟仙"招弟的名声传开，很快求医问卜的人络绎不绝，家里收了些蚂蚱、蝉蛹、松子、葵花子一类的荤素食物。但严冬季节，能吃的只有草皮和树根了。

腊月初八，鲁氏把领弟和上官吕氏留在家里，带着家里的其他孩子踏上了去县城乞讨腊八粥的路。等喝完粥回家，招弟怀里却多了一个女婴，那是大姐来弟和沙月亮的孩子。这个女婴后来被蒋立人起名为沙枣花。

三天后，鲁氏一家九口出现在县城的大集上。这次出行，金童的七姐求弟被罗斯托夫伯爵夫人买走，做了养女，后来她改名为乔其莎，还上了医学院。而四姐上官想弟却自卖自身进了妓院，开始了悲惨的卖身生涯。

哑巴孙不言跟着鲁大队长和蒋立人的爆炸大队回来了，他强奸了三姐领弟，鲁氏只能认了，让领弟嫁给孙不言。

爆炸大队掌握了沙月亮投降日本人的事实，给沙月亮去信劝降，沙月亮却不肯接受改编。

农历七月初七，来弟带人偷偷潜回家接女儿，没想到蒋立人早有埋伏，把来弟一行人全部拿下。随后赶到的沙月亮也被蒋立人活捉，之后就在上官家的东厢房自杀了。来弟受了刺激，也变得跟"鸟仙"一样疯疯癫癫的。

蒋立人为了纪念在消灭沙旅的战斗中牺牲的鲁大队长，把名字改为鲁立人。鲁立人现在是上官家的五女婿，上官盼弟的丈夫。

抗战胜利了，日本人投降了，街上到处都是狂欢的人们。三姐"鸟仙"在大街上生下了哑巴的一对儿子大哑和二哑。就在这时候，司马库的别动大队回来了。一起回来的还有招弟和她生的两个女儿：司马凤和司马凰。另外，还有一位美国人巴比特。

司马库把鲁立人的队伍缴了械，赶走了，一起走的还有五姐盼弟。

生活已经乱纷纷，上官金童已经七岁了却拒绝断奶，还为此跑去跳河自杀，被母亲和姐姐们救了回来。

Step 4

　　1946 年的春天，上官鲁氏家里一共养着女儿们的七个孩子。大点的是大姐来弟生的沙枣花和司马库三姨太生的司马粮，五个吃奶的娃分别是：二姐招弟生的司马凤和司马凰、三姐"鸟仙"生的两个哑巴儿子大哑和二哑，还有五姐刚生的鲁胜利。

　　五个吃奶的孩子分别有一只属于自己的奶山羊，而金童仍然吃母乳。六姐念弟带着孩子们在河边放羊时，她试着让金童也喝羊奶，成功了。

　　当念弟回家告诉母亲这个消息时，却发现母亲手里拿着擀面杖失手打死了上官吕氏。因为吕氏知道金童和玉女不是上官家的种，恨他们，这回又把玉女的耳朵咬烂了。

　　紧接着三姐领弟又出事了。司马库和巴比特在卧牛岭进行飞人实验，飞行成功后，一同前去的三姐领弟却突然"鸟仙"附体，她舞动着翅膀，扑向了悬崖，坠崖而死。

　　"鸟仙"尸骨未寒，六姐念弟就跟巴比特结婚了。婚后，巴比特为乡亲们放电影。到了第四天晚上，司马库溜到鲁氏家里，睡了犯病被捆起来的大姐来弟。这一睡，治好了来弟的疯病。

　　没几天，发誓要杀回来的五姐盼弟和鲁立人，带着独立纵队十七团杀回来了。司马库、六姐和巴比特都被俘了，而二姐招弟则中弹身亡。第二天，悲痛的鲁氏背着死去的招弟，赤脚走在回家的泥泞道路上。

人是自己选的，路也是自己走的，作为母亲无能为力。但母亲确实是儿女最后的归宿。

司马库和巴比特、上官念弟被俘后，要被押送到军区。先渡河的是巴比特和六姐念弟，司马粮趁所有人都不注意，偷偷切割了他爹司马库绑手的绳子，司马库一下木筏就跳水逃走了。

母亲在家里天天祈祷六姐和巴比特平安，但在一个月后传来消息，巴比特和念弟被一个寡妇诱骗到一个山洞里，然后拉响手榴弹同归于尽了。又一个女儿没了，鲁氏只有大哭。

十七团大队人马撤退后，鲁立人当上了高东县县长兼大队长。县里来了一位专家，这位大人物曾经提出"打死一个富农，胜过打死一只野兔"的口号。

司马粮对姥姥上官鲁氏说，他觉得要出事，建议跑。鲁氏认为是福不是祸，是祸躲不过，他们孤儿寡妇不会被怎么样。

这天，批判地主、富农的大会开始了。曾经卖给司马库炉包的富农赵六被枪毙了，司马库的孩子们也都被宣判了死刑。司马粮在群众有意无意地遮挡下跑了，两个杀手骑着两匹快马突然出现，一人一枪正中司马凤和司马凰的脑部。

严冬季节，鲁立人动员高密东北乡十八处村镇的老百姓撤退。还乡团又反扑回来了，战争降临，更加严酷的考验到来了。

鲁氏一家被裹挟在汹涌的人流中前行。在第五天他们到达了一座大山。夜里，山上雨落成冰，难民们实在太冷了，到了早上有几十具尸体被抛在山沟里。鲁氏一家躲在一棵有叶子的灌木丛里，顶着一床被子，活了下来。

第二天，鲁氏决定举家返回村里，尽管家乡已经成为战场，但是比在外面冻死饿死要强！

返家的路途中，他们在一个死兵身边找到了两袋干粮。道路上的担架队络绎不绝，逃难的人们进退两难，母亲还是坚决地往前走。离村子不远的荒原上，就是战场，炮声轰鸣，打得天都红了。大哑和二哑被飞来的炮弹炸死了，母亲伤心得吐血。

1948 年元旦，鲁氏一家五口，带着金童的羊，越过冰封的蛟龙河，爬上蛟龙河大堤。站在河堤上，可是一看，村子并没有成为废墟，鲁氏家的房子还在。突然，司马粮从一棵树上蹦下来，哭着跑进鲁氏的怀抱。

司马库在高密东北乡的青纱帐里并没有躲藏很久，因为不想连累鲁氏一家而选择了投案自首。公审之后，他就被处决了。

面对众多亲人的离去，鲁氏对她的儿孙们说："这十几年，上官家的人，像韭菜一样，一茬茬地死，一茬茬地发，有生就有死，死容易，活难，越难越要活。越不怕死，越要挣扎着活。'鲁氏要她的后代儿孙们争气，要看着他们浮上水的那一天。

Step 5

　　十八岁的金童金发碧眼，一副外国帅哥的长相。但他却为自己是牧师马洛亚的私生子而感到很自卑。他用墨汁染黑头发，涂黑了脸。母亲看见他这个样子，连抽了他八个耳光。

　　上官鲁氏正在教训儿子的当口，来弟跑回家来报告：志愿军一等功臣、双腿齐根截肢的哑巴孙不言回来了。

　　十六年前，上官鲁氏自作主张把来弟许配给孙不言，现在孙不言还是执意要娶来弟。这门亲事带来了立竿见影的好处，上官家的成分马上从上中农核实为贫农。金童能上中学了，沙枣花也被保送进茂腔剧团，来弟也成为疗养院的护理员，不用上班就能月月领工资。

　　而在此时，被捉去日本当劳工的鸟儿韩回来了。原来，鸟儿韩被捉去日本当劳工时逃到了当地的深山里，像野人一样在山里生活了十五年。

　　鲁氏看到鸟儿韩归来，一屁股坐到了地上。她知道，讨债的回来了。过去吃过的那些鸟，到了连本带利偿还的时候。很快，大姐来弟和鸟儿韩的爱情，就如罂粟花一样盛开了。母亲没有力量阻止，她知道上官家的女儿一旦爱上谁，八匹马也拉不回来。

　　一个秋雨飘落的日子，孙不言外出归来，撞见了来弟和鸟儿韩的奸情。孙不言扑上去掐住鸟儿韩的脖子，来弟救人心切，抢起沉重的柞木门闩砸在了孙不言的头上。孙不言被打死了。

来弟被判了死刑，五个月后生下儿子鹦鹉韩之后被执行枪决。而鸟儿韩被判了无期徒刑，在被押去服刑地的旅途中，跳车身亡。

上官金童因为撞伤学校的小树被开除，而沙枣花因为偷盗行为也被茂腔剧团开除了。

现在金童成了国营蛟龙河农场的农业职工，他被分配到养鸡场干活。金童去找畜牧队的队长马瑞莲报道，却发现马瑞莲就是五姐上官盼弟，而农场场长李杜，就是鲁立人。现在马瑞莲已经跟臭名远扬的上官家划清了界限。

女配种员乔其莎，就是上官家被卖掉的七女儿二官求弟，随后也被分派到养鸡场，跟金童搭帮干活。

鸡场母鸡死了大半，工人都被调走，现在只剩龙清萍和上官金童。龙清萍原来是武装队的神枪手，三十九了还是处女。在那些阴雨连绵的日子里，她不分昼夜地想把金童变成真正的男人，但金童一直不从。最后龙清萍选择了开枪自杀。金童对此很愧疚，趁着龙清萍死前身体还有感觉时，满足了她的愿望。

大雨滂沱，发起了洪水，蛟龙河农场一片汪洋。李杜场长突然捂着胸口倒下了，乔其莎检查后说，是心肌梗死。马瑞莲恸哭起来。

洪水帮了上官金童的大忙，龙清萍的死暂时以自杀结案。

饿殍遍野的1960年，农场的工人们每天只能领到一两半粮食。食堂掌勺的张麻子用馒头作为交换，在柳树林里占了乔其莎的便宜。而这一切就发生在金童的视线里，他却无力阻止。到了春小麦快要成熟时，乔其莎就因为吃多了豆饼撑死了。

这时候，金童被无情地赶回了家。他乘渡船过蛟龙河时，遇见了四姐上官想弟。想弟怀抱着一个琵琶，里面藏着她毕生的积蓄，却在过河后被同船渡河的公社干部抢了去。后来，想弟遭受了残酷的批斗，五年之后旧病复发而死。

而母亲刚刚埋葬了上官想弟两天，自杀身亡的五姐上官盼弟就被八个人抬了回来。

特殊的年代，生活没有最坏，只有更坏。刚把盼弟给埋葬了，金童和母亲就被打倒了。金童的纸帽子写着"杀人奸尸罪"，鲁氏的纸帽子写着"老母蝎子上官鲁氏"。打倒他们的人押解着一群"牛鬼蛇神"游街示众。

第二年的清明时节，乔其莎的一本日记被发现了。她在日记里详细记载了金童和龙清萍的风流事。县公安局便以杀人、奸尸的罪名逮捕了金童。未经审判，金童被判了十五年有期徒刑，押赴黄河入海口处的劳改农场服刑。

这一幕幕人间悲剧，母亲成了那个最终的承受者。而活着的人还要继续活下去。

Step 6

80年代的第一个春天，上官金童刑满释放，已经四十二岁的他，还没有来得及长大，就已经变成一个中年人。

金童走的十五年，世界变化很大，人民公社解散了，地也分产到户了。鹦鹉韩成立了一个鸟类中心，专门养殖珍稀鸟类。

回到家之后，金童就大病了一场，恋乳癖又犯了。鲁氏熬草药擦洗了金童的身体，又去找了独乳老金。独乳老金现在经营着一家大型废品收购站，五十多岁了竟然又生了一个儿子。

金童渴望的就是老金的那只独乳，而老金多年来也一直喜欢美貌的金童。金童在老金的哺乳下迅速康复，他现在是靠着老金的乳汁续命。两个月后，鲁氏不让老金来家里了。

鲁氏要金童去找老金，她说自己不需要一个长不大的儿子，她需要的是像司马库、鸟儿韩一样的儿子。

金童走进老金的家，被老金的气味牵着，就如同"走进一个妖精的洞穴"。老金一辈子阅人无数，就靠一只独乳打天下。所以，她有把握把金童炼成男子汉。

金童被洗干净了，换上名牌西装、领带，一个中西合璧的美男子诞生了。

两天后，金童当上了老金公司的总经理，一时间过得声色犬马。可惜好景不长，有一天晚上，老金的丈夫走进卧室，掏出一把牛耳尖刀要杀金童和老金，金童吓得缩作一团，是老金挡在他前面，把丈夫给骂跑了。

老金对金童也失望了，要他滚蛋。

金童被老金解雇之后，在街上被鹦鹉韩的妻子耿莲莲请去好吃好喝地伺候起来。新任大栏市市长是金童的启蒙老师记琼枝，据可靠消息，记琼枝一到任就打听金童的下落。耿莲莲要金童去找记琼枝为她的鸟类中心贷款一亿元。

可事情没办成，耿莲莲一看金童没用，马上就把他开除了。她嘲讽金童是"吊在女人奶头上的东西，活得不如一条狗"。

金童捂着耳朵逃出了鸟类中心，混迹在美食街上。他兜里只剩一元钱，却不想被一个假装残疾的小流氓给骗了去。后半夜，金童又被这个小流氓带着同伙扒光了他的西装。

他想回家找母亲，却不想看到了商店橱窗里的女模特。女模特高挺的胸部诱惑着他，金童猛地扑了上去，接着就昏倒了。

80 年代末，文管所带着推土机和保安队要去强拆上官鲁氏住的那三间房子，因为塔前房屋被判定为公产。

上官鲁氏被保安捆起来，气得口吐白沫，没了意识。危急关头，司马粮乘着小型飞机从天而降，他现在成了一位富商。一同前来的还有现任市长鲁胜利。

强拆被阻止，鲁胜利发表演讲，要保护古迹。

司马粮看到被困住手脚的姥姥，跪在地上放声大哭。上官鲁氏不认识鲁胜利，但是对司马粮却很亲切。

为了治疗金童的恋乳癖，司马粮连续十几天，用美钞请来一波又一波的美女，让金童挨个检查。经历过这些人之后，他终于不再执着于乳房。

接着，司马粮给金童成立了一家乳罩公司。金童终于能够发挥所长，把公司经营得有声有色。一天夜里，金童在打烊后迎来一位忧郁的少妇，鬼使神差地，他摸了那位少妇的胸部。接着，在不知姓名底细的情况下，金童跟这位小寡妇结婚了。婚后才知道她叫汪银枝，是曾经批斗过鲁氏母子的汪金枝的女儿。很快，金童被架空，公司成了汪银枝的财产。最后，金童被逼离婚，再一次变得一无所有。

富贵如昙花一现，最终还是一场空。善良、懦弱，贯穿了金童的一生。

在鲁氏去世前这段时间，鲁胜利因为受贿被判处死刑，缓期一年执行。耿莲莲和鹦鹉韩因行贿锒铛入狱。失踪多年的沙枣花回来找司马粮，非要嫁给他，司马粮拒绝了，随后沙枣花在绝望中跳楼自杀。

金童在教堂见到了自己同父异母的兄弟，后来他就在教堂打扫卫生度过残生。金童在母亲去世后，亲自为她送葬，守护着她的坟墓。别人逼他挖出尸体火化时，他甚至想背着母亲的尸体跳泥潭自杀。终究，没有人再来为难他，这个善良懦弱的老实人逃过了一劫。

"天上有宝，日月星辰；地上有宝，丰乳肥臀。"

生命就是一连串的逝去，我们却要坚强地活着。

Step 7

《丰乳肥臀》的故事背景发生在莫言的老家"高密东北乡"。在这片属于莫言的文学领地里，"母亲"无疑占据着至高无上的地位。

这本书是莫言献给自己母亲的，也是献给天下母亲的。莫言因为感情充沛，仅仅用了83天就完成了50万字的小说初稿。

书中的母亲因为生不出儿子饱受婆婆和丈夫虐待，做了很多违背封建道德的事情，但她对儿女的爱是伟大、无私的，她的胸怀是宽广的。

让我们先来回顾一下书中的一个故事。

特殊时期，上官金童和母亲上官鲁氏正在街上挨批斗。村里的小混混房石仙被沙枣花捉弄，先是帽子被丢进池塘，等他脱下棉袄下水去捞狗皮帽子，岸上的棉袄又被偷了。房石仙在池塘里挣扎，是母亲上官鲁氏拿了一根笤帚把他救上了岸。

其实，沙枣花之所以要捉弄房石仙，是因为这个家伙曾经欺负过上官鲁氏。上官鲁氏在放工回家的路上捡了一个红薯，被看守庄稼的房石仙搜了出来。他污蔑鲁氏偷红薯，鲁氏不服，他竟然扇了鲁氏两个耳光，把鼻子都打破了。

这个以德报怨的故事，曾经真实地发生在莫言母亲的身上。

莫言在诺贝尔文学奖获奖感言中，讲过发生在他身上最痛苦的一件事：莫言小时候曾经跟随母亲去集体的地里捡麦穗，看守麦田的人捉住莫言母子，还打了母亲一耳光，没收了他们的麦穗后扬长而去。莫言的母亲嘴角流血，绝望的神情让莫言终生难忘。多年以后，那个当年看守麦田的人已经老了，莫言在集市上遇到他，想冲上去为母亲报仇，被母亲拉住了。

母亲的胸怀是宽广，心地是慈悲的。慈悲的人受到过欺负，会更深刻地体会到弱者的无助与痛苦，待人也会更加宽恕与慈悲，不让自己变成恶人的样子。

在本书第十四章，上官家来了一个鹰鼻鹞眼的叫花子，这个叫花子左手挂着一根竹筒制成的打狗棒，右手端一个青瓷大碗，进堂屋就自己跑去掀锅盖，盛菜汤。

上官鲁氏并没有嫌弃，而是有些惶恐不安地又拿出一个菜团子招待他。叫花子拒绝了菜团子，然后交出那只青瓷大碗，又从竹筒里拿出一副古画，说这是上官家的哑女婿托他捎回来的。

这就是出于人性本真的善良，也是一般人难以做到的宽容大度。

莫言先生为我们描绘了这些小人物充满悲情的历史画卷，让我们看到一位苦难的母亲和她的儿孙们所经历的生死挣扎、艰难求生的人生历程。在如今这个和平富足的年代，让我们懂得该如何珍惜。

妻妾成群·女性生命如昙花般地绽放与凋零

『在这个妻妾成群钩心斗角的家族里，没有人能独善其身。』

苏童

贯穿中国当代三十年文学史的写作大师苏童蜚声海内外、震撼几代读者的小说代表作。由此改编的电影《大红灯笼高高挂》获奥斯卡最佳外语片提名。

Step 1

故事的开始是在一个夕阳初下的傍晚。四个乡下轿夫抬着颂莲，从后门进入了陈家花园。

颂莲走到水井边，跟雁儿说她要洗把脸，她已经三天没洗脸了。雁儿给她吊上一桶水，看着她把脸埋进水里，问道："你要肥皂吗？"颂莲没说话。雁儿又问："水太凉是吗？"颂莲还是没说话。

雁儿朝井边的其他女佣使了个眼色，捂住嘴笑了。大家纷纷猜测，这位来客究竟是陈家的哪个穷亲戚。就在这时，颂莲回头瞟了雁儿一眼，示意让她去泼水。雁儿笑着说："你是谁呀，这么厉害？"

颂莲揉了雁儿一把，拎起藤条箱子离开了井边，走了几步后她回过头说："我是谁？你们迟早要知道的。"

这一段对白，使颂莲心高气傲的形象跃然纸上。她就像一只爪子锋利的小猫，天不怕地不怕，人不犯我，我不犯人，人若犯我，我必十倍奉还。

于是第二天，不知道是巧合还是有意，雁儿就被派给颂莲当了使唤丫头。颂莲故意刁难雁儿说她头发有味儿，让刚刚洗过头的雁儿不得不重新去洗一遍。

由此可见，这位年纪轻轻的"四太太"并不是盏省油的灯。一方面，她有些小肚鸡肠，睚眦必报，谁敢惹她、看不起她，她便不动声色地还回去；另一方面，这也显示出了颂莲初入豪门内心的不安，她所有的锋芒、斤斤计较，其实都源于很强的自我保护意识。

颂莲嫁给陈佐千为妾时，才十九岁，但陈佐千却已足足五十岁了。颂莲是秘密进的门，原配大太太毓如浑然不知。陈佐千带着颂莲去拜访毓如时，毓如正在佛堂诵经，自始至终都不肯抬眼看颂莲一眼。

二太太卓云就特别热情，她温婉、清秀，有一种大家闺秀的风范。陈佐千很喜欢她，颂莲也很快便喊了她"姐姐"。

三太太梅珊是颂莲最后一个见到的。颂莲早就听说梅珊的倾国倾城之貌，一心想见她，陈佐千却不肯带她去。

颂莲和陈佐千初行房事，却被三太太梅珊派来的丫鬟搅和了好事儿。丫鬟说三太太病了，喊老爷去。颂莲看着陈佐千左右为难的样子，很是善解人意，便推了他一把说："你就去吧，真死了可不好说。"

陈佐千呢，他明知是撒谎，却还是去了。果不其然，这一夜陈佐千没有回来。颂莲留神听北厢房的动静，好像什么事儿也没有。

豪门大院里的女人们啊，最大的悲哀，除了一心盼着一个人的宠幸，更多的，是把自己所有的聪明才智，都用到了争宠和排除异己上。

身为女人，依附于男人是既聪明又愚蠢的做法。聪明在于可以不用付出辛苦便衣食无忧，愚蠢在于，她们失去了自己的生活，男人便是她们的全部。

十九岁的颂莲，明明是个女大学生，为什么会嫁给这五十岁的老头呢？

颂莲上了一年大学后，父亲经营的茶厂倒闭了，她也因此而辍学。辍学回家第三天，父亲就割腕自杀了。颂莲永远记得她当时绝望的感觉，灾难临头，她却一点也哭不出来。颂莲没有一般女孩的怯懦和恐惧，她很实际，父亲一死，她想，必须自己负责自己了。

陈佐千第一次去看颂莲。颂莲闭门不见，只从门里扔出一句"去西餐社见面"。陈佐千在西餐社订好了两个位置等颂莲，那天外面下着雨，颂莲打着一顶细花绸伞姗姗而来，陈佐千开心地笑了。颂莲果然是他想象中漂亮洁净的样子，而且那样年轻。

颂莲在他对面坐下，从提袋里掏出一大把小蜡烛，轻声道："给我要一盒蛋糕好吧。"侍者端来蛋糕，颂莲把小蜡烛一根一根地插上去，一共插了十九根，剩下一根收回包里。

"这是干什么，你今天过生日？"

颂莲却只是笑笑，并把蜡烛点上："你看这火苗多可爱。"

"是可爱。"

颂莲长长地吁了口气，噗地把蜡烛吹灭："提前过生日吧，十九岁过完了。"她知道，自己再也没有十九岁了，她再也不是曾经那个无忧无虑的女学生了。蜡烛熄灭了，同时熄灭的还有她那颗鲜活的心。

Step 2

陈家的少爷小姐都住在中院里。颂莲看见忆容和忆云姐妹俩在泥沟边挖蚯蚓，上前搭话，却自讨了没趣儿。这两个孩子是卓云的骨血。

刚走出几步，就听见姐妹俩在嘀咕："她也是小老婆，跟妈一样。"颂莲愣了。再碰到卓云时，忍不住就把这话告诉了她。

卓云说："那孩子就是嘴上没拦的，看我回去拧她的嘴。其实我那两个孩子还算省事的，你没见隔壁小少爷，跟狗一样的，见人就咬，还吐唾沫。"

颂莲见过隔壁的小少爷飞澜，头发梳得油光光的，脚上穿着小皮鞋。看着他，颂莲就希望给陈佐千再生一个儿子。男孩比女孩好，管他咬不咬人呢。

只有毓如的一双儿女，颂莲很久都没见到。他们在陈府的地位，显而易见。她不经意地向雁儿打听这兄妹二人的事情：

"大小姐怎么样？"

"我们大小姐又漂亮又文静，以后要嫁贵人的。"

颂莲在心里暗笑，雁儿褒此贬彼的话音让她厌恶。她猜测雁儿在外面没少说她的坏话，但也不能对她太狠，因为她曾看见有一次陈佐千进门时顺势对雁儿动手动脚。颂莲想，连个小丫鬟也知道靠男人来壮自己的胆，女人就是这种东西。

重阳节的前一天，陈家大少爷飞浦回来了。颂莲真正见到飞浦是在他的接风宴上，接风宴排场极大，桌子上摆满了精致丰盛的菜肴。颂莲看着桌子，想起自己刚进陈府那天，桌子上的气派跟此时大少爷隆重的接风宴真是没法比。

重阳节当天，颂莲特意起了个大早去花园赏菊花，却意外地遇见了飞浦。正犹豫着要不要跟他打个招呼，飞浦就先喊了起来："颂莲你早啊！"颂莲点点头，回答说："按辈分你不该喊我名字的。"

就这样一来二去，两人很快就聊得热闹，颂莲告诉飞浦她从小就喜欢菊花，只讨厌一种蟹爪菊。飞浦很是纳闷，就问她为什么。颂莲回答说，因为蟹爪开得太张狂了。

飞浦顿时来了兴趣："嘿，有意思了，我偏偏最喜欢蟹爪。"颂莲说："我就猜到你会喜欢它，因为花非花，人非人，花就是人，人就是花。"

这句话刚说完，颂莲就观察到飞浦的眼神里有一种奇异的色彩忽闪而过，但她确实看见了，不会错。后来每次回想起重阳赏菊的情景，颂莲就心情愉快，有时甚至会笑出声来。好像从那天起，她与飞浦之间就有了某种默契。只有颂莲自己知道，她其实并不是特别讨厌那种叫"蟹爪"的菊花。

颂莲经常在枕边问陈佐千："我们四个人，你最喜欢谁？""那当然是你了。"然后陈佐千便讲起和其他三位太太之间的风流韵事来。颂莲听后，调笑道："是女人都想跟了你。"

"你这话对了一半，应该说是女人都想跟有钱人。"

颂莲接着反驳："你这话也才对了一半，应该说有钱人有了钱还要女人，要也要不够。"是啊，男人和女人一开始想要的就不同。

梅珊迷麻将，经常招呼人去她那里搓麻将，有一次甚至把颂莲也拽上了。颂莲不太会打，坐在牌桌上心不在焉，糊里糊涂掏了好多钱，慢慢地就心疼起来。

"我头疼，想歇一歇了。"

"恐怕是输得心疼吧，你今天就算给卓云做好事吧，这一阵她闷死了，把老头儿借她一夜，你输的钱让她掏给你。"

桌上的两个男人都笑起来，颂莲也笑，心里却像吞了只苍蝇。

颂莲冷眼观察着梅珊和其中一个男人之间的眉目传情，她确确实实看见了他们藏在桌下的那四条腿紧缠在一起，分开时却很快很自然。

颂莲表面不动声色，心情却很复杂，有点惶惑，有点紧张，还有一点幸灾乐祸。她心里说，梅珊你活得也太自在太张狂了。

在这封建大院里，不同的女人，却也只有一个结局。

梅珊是张狂的，但张狂背后是对不受宠的担惊受怕；梅珊也是寂寞的，正因为寂寞，才更容易被外人外物吸引，如飞蛾扑火一般，寻求片刻的光和热。

Step 3

黄昏的时候，一群人围坐在花园里听飞浦吹箫。颂莲被这箫声打动，听到动情处，甚至泪水涟涟。没多久，箫声沉寂了，一群男人们开始说话。颂莲顿时觉得无趣，人一说起话就变得虚情假意的了，不过是你诓我我骗你。在这样虚假的大院里，谁不是呢？

颂莲起身回到房里，突然想起藤条箱子里也有一管长箫，可她打开箱子，把衣物腾空，却怎么也找不到。

颂莲直觉是雁儿偷了她的箫，便跑到雁儿住的小偏房去，强逼着打开了雁儿的杂木箱子。她把衣物抖开来看，虽没发现那管箫，却翻到了一个很像自己的小布人，小布人的胸口刺着三枚细针，上面有依稀的两个墨迹：颂莲。

一种尖锐的刺痛感使颂莲的脸一下子变得煞白。她突然尖叫了一声，一把抓住雁儿的头发，把雁儿的头一次一次地往墙上撞。

颂莲折腾累了，想起了一件事，雁儿是不识字的。她便蹲下身子来，一边给雁儿擦泪，一边问是谁给她写的。她一个名字一个名字地问，雁儿只是不住地摇头。直到问到卓云，雁儿不再摇头了。

陈佐千看见颂莲眼圈红肿着，便问她："你刚才哭过？要是嫌闷，我陪你去花园走走，到外面吃夜宵也行。"

颂莲把手中的菊枝又捻了几下，随手扔出窗外，淡淡地问："你把我的箫弄到哪里去了？"

"那箫是谁送你的信物？"

"不是信物，是遗物，我父亲的遗物。"

陈佐千有点发窘："是我多心了，我以为是哪个男学生送你的。这下坏了，我已经让人把它烧了。"

陈佐千没听见颂莲再说话，房间里这时已经黑下来。他打开电灯，看见颂莲的脸苍白如雪，眼泪无声地挂在双颊上。

这一夜，陈佐千用手去抚摸她，仍然得不到一点回应。他一会儿关灯一会儿开灯，看到的始终是颂莲漠然无情的脸。

"你太过分了，我都差一点给你下跪求饶了，我最恨别人给我脸色看。"

"你去卓云那里吧，反正她总是对人笑的。"

"去就去，幸亏我还有三房太太。"

这种时候，男人女人身份的落差，一下子就显出来了。因为陈佐千的占有欲，颂莲连一点自己的私人空间都没有。陈佐千做什么她不可以知道，但她做什么却绝对瞒不过陈佐千。这种地位上带来的不平等，使颂莲心灰意冷。接下来的日子，她又该怎么过呢？

卓云到颂莲房里来时，颂莲还躺在床上。她坐到床头，伸手摸摸颂莲的额头："不烫呀，快起来吧，这样总躺着，没病也孵出毛病来。给我也剪个你这样的学生头，精神精神。"

推脱不过，颂莲便起身来找剪刀，给她认认真真地剪起来，卓云乌黑松软的头发伴随着剪刀双刃的撞击声，一绺绺地掉下来。

"这不是挺麻利的吗？"

"你可别夸我，一夸我的手就抖了。"话音刚落，就听卓云发出了一声尖厉刺耳的叫声，她的耳朵被颂莲的剪刀实实在在地剪了一下。

颂莲是故意的吗？谁也不知道。

梅珊告诉颂莲，卓云是慈善面孔蝎子心，心眼点子比谁都多。她知道自己不是卓云对手，却相信颂莲能跟她斗一斗。

梅珊跟卓云的过节由来已久，她当初和卓云同时怀孕，三个月的时候，卓云却差人在梅珊的药里放了泻胎药，好在孩子命大，这才保住了。后来，她俩又差不多同时临盆，卓云想先生孩子，就去打外国催产针，结果却是梅珊运气好，先生了个男孩。

在这个钩心斗角堪比宫廷的陈家大院里，颂莲可谓是腹背受敌。显而易见的也好，笑里藏刀的也罢，都在把这个年纪轻轻的少女，往她最讨厌的绝路上逼。

可是，那个时候的女人，又能有多少选择呢？

在那个环境下，你不狠心待人，别人就会狠心对你。心若没有栖息的地方，在哪里都是在流浪。颂莲所有的不快乐，都来源于对自身处境无能为力的绝望。她深深地知道自己并不属于这个家庭，内心极度缺乏安全感，所以浑身带刺，有仇必报。

Step 4

天已入秋，枯黄的一片覆盖了整个花园。几个女佣蹲在一起烧树叶，一股焦烟味弥漫开来，把颂莲熏得够呛。颂莲砰地打开窗户，质问道："谁让你们烧树叶的？不许烧！"女佣们便去请示大太太毓如，毓如却说："你们只管去烧，别理她就好了。"

吃饭的时候，颂莲咽不下这口气，坐在饭桌上始终不动筷子。飞浦问她怎么不吃饭，颂莲说，我已经饱了，闻焦煳味就已经闻饱了。

大太太毓如的脸唰地就变了，她把筷子往桌上一拍，大怒道："你也不拿个镜子照照，你颂莲在陈家算什么东西？好像谁亏待了你似的。"

颂莲站起来看了毓如一眼，自言自语道："说对了，我算个什么东西。"随即，冷笑着转过身离开，再回头时却已是泪光盈盈，她反问道，"天知道你们又算个什么东西？"

整整一个下午，颂莲都把自己关在房间里，还是飞浦来看她，她才肯开门。飞浦坐下来，说了一些无关紧要的事情来开导安慰颂莲。飞浦看颂莲似乎对箫很感兴趣，便说请朋友来教她吹箫。颂莲却只是笑笑，不置可否。飞浦边笑着边无奈地摇摇头，站起身来告辞。临走前他对颂莲说，你这人有意思，我猜不透你的心。颂莲说，你也一样，我也猜不透你的心。

这世上谁又能猜得透谁的心呢？当然，跟飞浦在一起的时候，颂莲是真实的、随性的，不用谄媚讨好、曲意逢迎，因为她不用多说什么飞浦就能理解。

　　十二月初七，陈佐千过五十大寿，颂莲拿着一条羊毛围巾送到陈佐千面前说："老爷，这是我的微薄之礼。"

　　陈佐千嗯了一声，手往边上的圆桌上一指让她放在那边。颂莲抓着围巾走过去，看见桌上堆满了家人送的寿礼。一只金戒指，一件狐皮大衣，一只瑞士手表，都用红缎带扎着。她的心咯噔一下，脸上一阵燥热。

　　随后对着陈佐千莞尔一笑说："老爷，今天是你大寿之日，我积蓄不多，送不出金戒指皮大衣，我再补送老爷一份礼吧！"说着颂莲站起身走到了陈佐千跟前，抱住他的脖子，在他脸上亲了一下，又亲了一下。陈佐千的脸一瞬间涨得通红，二话没说把颂莲一把推开，厉声喝道："众人面前你放尊重一点。"

　　颂莲始料不及，呆呆地站在原地，睁大眼睛茫然地盯着陈佐千，好一会儿才意识到发生了什么。她捂住脸，一边往外走一边低低地哭泣。

　　这件事是颂莲在陈府生活的一大转折。大太太毓如说她算个什么东西，颂莲可以不当回事儿，但当一向宠爱她的陈佐千不把她当人看了，她就真的一无所有了。她不禁想着，既然我这么努力还讨不了你欢心，那我便不讨了。

　　自此，颂莲心灰意冷。

　　飞浦领了一个朋友来，说是给颂莲请的吹箫老师。颂莲手足无措起来，因为她原先并没把学箫这事儿当真，谁曾想，飞浦还真是说到做到。

正在教学的时候，大太太却突然差丫鬟来叫走了飞浦，说是有客人来了，让他出去见客。飞浦前脚刚走，颂莲就突然笑了一声说，撒谎。教颂莲学箫的顾少爷一惊，有点坐立不安起来，很快便起身告辞了。颂莲刚送走顾少爷回到屋里，卓云就风风火火地闯了进来，说飞浦和大太太吵起来了。

第二天，颂莲在花园里遇到了飞浦。飞浦无精打采地走着，装作没有看见颂莲的样子，颂莲却故意高声地喊住了他，一如既往地跟他站着说话。

飞浦苦笑着说不想在家里待着了，还是在外面好啊，又自由，又快活。颂莲笑着说，闹了半天，你还是怕她。飞浦回答，不是怕她，是怕烦，怕女人烦，女人真是可怕。

颂莲又问，你怕女人？那怎么不怕我？飞浦说你跟她们不一样，所以我喜欢去你那儿。

后来颂莲总想起飞浦漫不经心说的那句话，"你跟她们不一样"。颂莲觉得飞浦给了她一种起码的安慰，就象若有若无的冬日阳光，带着些许暖意。

从那以后，飞浦就很少来找颂莲了，直到有一天他要出远门做生意，前来辞行。看着飞浦跟顾少爷双双离去的身影，颂莲说不清自己心里是什么感觉。她只知道，飞浦一走，她在陈家就更孤独了。

Step 5

陈佐千来的时候颂莲正在抽烟，她回头看见他的第一个反应就是把烟掐灭，她记得陈佐千说过讨厌女人抽烟。

陈佐千把她搂过来坐到他腿上说，那天的事你伤心了？主要是我情绪不好，男人过五十岁生日大概都高兴不起来。颂莲说，哪天的事呀，我都忘了。陈佐千笑起来，在她腰上掐了一把说，哪天的事？我也忘了。

隔了几天不在一起，颂莲突然觉得陈佐千的身体很陌生，她感觉到手下的那个身体像是经过了爆裂终于松弛下去，离她越来越远。

她一边猜想在陈佐千身上发生了某种悲剧，一边安慰他说，你是太累了，先睡一会儿吧。陈佐千却摇着头说，不是不是，我不相信。

陈佐千提出让颂莲帮他，颂莲不肯，她觉得自己像被当作一条狗似的，委屈地哭了起来。陈佐千听了心烦，掀了被子跳下床，一边穿衣服一边说，没见过你这种女人，做了婊子还立什么贞节牌坊！

但你不肯的事，总有人会肯，不是吗？颂莲不肯，卓云却是肯的，所以一连很久，陈佐千都是在卓云那里过的夜。

有的早晨，梅珊就在紫藤架下披着戏装唱戏，一招一式唱念做打都很认真。颂莲听得入迷，就朝梅珊走过去问，你唱的什么，怎么听着这么心酸？

梅珊说是《杜十娘》，杜十娘要寻死了，唱得当然心酸。颂莲说，什么时候教我唱唱这一段？梅珊瞄了颂莲一眼，说得轻巧，你也想寻死吗？你什么时候想寻死我就教你。

颂莲被呛得说不出话，她呆呆地看着梅珊被油彩弄脏的脸，她发现自己现在不恨梅珊，至少是现在不恨，即使她出语伤人。她深知梅珊、毓如再加上她自己，现在有一个共同的仇敌，就是卓云。

这天忆云放学回家是一个人回来的，忆容被人打伤送进了医院。卓云来不及细问，就带了两个男仆往医院赶。

他们回到家已是晚饭时分，忆容头上缠着绷带，被卓云抱到饭桌前。陈佐千平日最疼爱忆容，他把忆容抱到自己腿上说，告诉我是谁打的，竟敢打我的女儿，明天我扒了他的皮。

忆容哭丧着脸，说了一个男孩的名字。毓如微微皱了下眉头说，吃饭吧，孩子在学堂里打架也是常有的事，也没伤着要害，养几天就好了。

卓云在一边抹着眼泪说，大太太你也说得太轻巧了，差一点就把眼睛弄瞎了，孩子细皮嫩肉的受得了吗？再说，我倒不怎么怪罪那个男孩子，气的是指使他的那个人，要不然，没冤没仇的，那孩子怎么就会从树后面窜出来，抡起棍子就朝忆容打？

梅珊一边往碗里舀着鸡汤，一边说，二太太的心眼也太多了，孩子们之间闹别扭，有什么道理好讲？不要疑神疑鬼的，搞得谁也不愉快。

卓云冷冷地说，不愉快的事还在后面呢，这口气怎么咽得下去？我倒是非要搞个水落石出不可。

第二天吃午饭的时候，卓云就领了一个男孩来，低声说了句什么，男孩就绕着饭桌转，挨个看每个人的脸。突然他就指着梅珊说，是她，她给了我一块钱，让我去揍陈忆容和陈忆云。

梅珊啪地打了男孩一个耳光，骂道，放屁，我根本就不认识你个小兔崽子，谁让你来诬陷我的？

卓云上去把他们拉开，佯笑着说，行了，就算他认错了人，我心里有个数就行了。

陈佐千听不下去了，一声怒喝，不想吃饭就给我滚！

对于这事的前后过程，颂莲是个局外人，她冷眼观察，不置一词。事实上从一开始她就猜到了梅珊，她知道梅珊这种心性的女人，爱起来恨起来都疯狂得可怕。但她却打心眼里同情梅珊，而不是无辜的忆容，更不是卓云。

女人是多么奇怪的生物，能把别人琢磨透了，就是琢磨不透她自己。颂莲就是这样，在这个深宅大院里，她越来越看不透自己的心。

爱上一个人，就会把自己放得很低，低到尘埃里。颂莲对陈佐千着实算不上爱，但她在这段关系里的地位也还是低到了尘埃里。

Step 6

颂莲的月事又来了，那摊紫红色的污血对于颂莲来说是一种无情的打击。她心里清楚，自己怀孕的可能也随着陈佐千的冷淡和无能而变得遥不可及了。

颂莲流着泪走到马桶间去，想把污物扔掉，却看见马桶上浮着一张被浸烂的草纸。雁儿方便过后总是忘记冲水，颂莲骂了一声刚要放水冲，却鬼使神差地找了把刷子，把那团草纸拨了上来。

草纸摊开后原形毕露，上面画的又是她，颂莲浑身颤抖着把那张草纸捞起来，她一点也不嫌脏了。她闯进雁儿的小偏房，把草纸往她脸上摔过去。

颂莲说，你跟谁学的这套阴毒活儿？现在有两条路随你走。一条是明了，把这脏东西给老爷看，给大家看，我不要你来伺候了，你哪是伺候我？你是来杀我来了。还有条路是私了，你把它吃下去。

雁儿蒙住脸哭起来，哭了很长时间，突然抹了下眼泪，一边哽咽一边说，我吃，吃就吃。然后她抓住那张草纸就往嘴里塞，发出一阵撕心裂肺的干呕声。

结果第二天，雁儿就病了，病得很厉害。

陈佐千说颂莲太阴损，让别人说尽了闲话，坏了陈家名声。颂莲反驳，是她先阴损我的，她天天咒我死。陈佐千就恼了，你是主子，她是奴才，你就跟她一般见识？颂莲一时语塞，过了一会儿又无力地说，我也没想把她弄病，她是自己害了自己，能全怪我吗？陈佐千挥挥手，不耐烦地说，别说了，你们谁都不好惹，我现在见了你们头就疼，最好别再给我添乱了。

陈府新派了宋妈来伺候颂莲。

颂莲向宋妈问起，后院的死人井到底发生过什么事？宋妈告诉她，那最后一个是四十年前死的，是老太爷的小姨太太。颂莲问，怎么死的？宋妈神秘地眯眯眼睛说，还不是男男女女的事情，她跟一个卖豆腐的私通。

颂莲点了一支烟，猛吸了几口，忽然说，那么她是偷了男人才跳井的？宋妈的脸上又有了那种讳莫如深的表情，她轻声说，鬼知道呢，反正是死在井里了。

雁儿死了，死在了医院里，临死前还喊着颂莲的名字。听说这件事后，颂莲的心立刻哆嗦了一下，但还是镇定着说，活着受苦，死了干净。死了比活着好。

这句话表面上说的是雁儿，其实说的是她自己。她跟飞浦有缘无分，这让她失去了爱情的希望，加上她频频惹怒陈佐千，这又使她失去了生存的倚仗，现在，她甚至间接害死了雁儿，虽然只是间接，但却让她失去了内心的坦荡，惶惶不可终日。

以上种种，无一不显示出在这个深宅大院里，颂莲活得无依无靠。她觉得自己这样活着也是虚度光阴，真不如死了干净。

颂莲一个人呷着烧酒，朦朦胧胧听见一阵熟悉的脚步声，闯进来一个黑黝黝的男人。颂莲转过头朝他望了半天，才认出来，竟是大少爷飞浦。

多日不见，飞浦变化很大，脸黑了，人也粗壮了些，神色却显得很疲惫。颂莲发现他的眼圈下青青的一轮，眼睛里有几缕血丝，这同他的父亲陈佐千如出一辙。

"你怎么喝起酒来了，借酒浇愁吗？"

"愁是酒能消得掉的吗？我是自己在给自己祝寿。"

"你过生日？你多大了？"

"管它多大呢，活一天算一天，你要不要喝一杯？给我祝祝寿。"

"我喝一杯，祝你活到九十九，你得活得长一点，你要死了那我在家里就找不到说话的人了。"

颂莲酒后说话不再平静了，她话里明显的感情倾向都是对着飞浦来的。飞浦当然有所察觉，他的内心开出了许多柔软的花朵，脸也又红又热。他从皮带扣上解下一个小荷包递给颂莲，说，这是我从云南带回来的，给你做个生日礼物吧。颂莲瞥了一眼小荷包，诡谲地一笑说，只有女的送荷包给情郎，哪有反过来的道理呀？

飞浦有点窘迫，突然从她手里夺回荷包说，你不要就还给我，本来也是别人送我的，没打算给你，骗骗你的。

颂莲的脸有点沉下来了，我是被骗惯了，谁都来骗我，你也来骗我玩儿。飞浦低下头，偶尔偷窥一下颂莲的衷情，沉默不语。

颂莲在陈家得不到真心相待，只有飞浦对她而言是不一样的。所以她的心情会随着飞浦的一举一动而变化，飞浦惦记着她，她便喜，飞浦玩笑于她，她便悲。悲喜全被一个人左右，这样的她又何尝不是另一种悲呢？

Step 7

颂莲控制不住地主动向飞浦示好。飞浦抬起头，他凝视颂莲的眼睛里也好似有一种激情在沸腾，但身体却僵硬地维持原状，一动不动。

只是那一瞬间，却好像一下子过去了许多年，飞浦像被击垮似的歪在椅背上，沙哑地说，这样不好。颂莲如梦初醒，她嗫嚅着，什么不好？

飞浦用手搓着脸说，颂莲我喜欢你，我不骗你。但老天惩罚我，陈家世代男人都好女色，轮到我就不行了，我从小就觉得女人可怕，我怕女人，家里的女人都让我害怕。只有你，我不怕，可是我还是不行，你懂吗？

颂莲听到这里，早已潸然泪下，她背过脸去，低低地说，我懂了，你也别解释，现在我一点也不怪你，真的，一点也不怪你。

如果说刚才颂莲只是似醉非醉，那么飞浦走了以后，她就真的喝醉了。她让下人去喊老爷陈佐千，陈佐千看到她醉成那副德行，很是厌恶。

颂莲勾住陈佐千的脖子，撒娇地说，老爷今晚陪陪我，我没人疼，老爷疼疼我吧。陈佐千却冷冷地说，你这样我怎么敢疼你？疼你还不如疼条狗。

毓如听说颂莲醉酒，也赶来了，在门口念了几句阿弥陀佛，就上前来把颂莲和陈佐千拉开。她问陈佐千，给她灌药？陈佐千点点头，毓如想摁着颂莲往她嘴里塞药，却被颂莲推了个趔趄。

毓如对着下人们喊，你们都动手呀，给这个疯货点厉害。陈佐千和宋妈一起架着颂莲，毓如刚把药灌下去，颂莲就吐出来，吐了毓如一脸。

毓如说，老爷你怎么不管她，这疯货要翻天了。陈佐千拦腰抱住颂莲，颂莲却一下子软瘫在他身上，嘴里说着，老爷别走，今天你想干什么都行，干什么都依你，只要你别走。陈佐千气恼得说不出话，毓如更是听不下去，冲过来打了颂莲一记耳光。

南厢房闹成了一锅粥，花园里有人跑过来看热闹。陈佐千让宋妈堵住门，不让人进来。毓如说，出了丑就干脆出个够，还怕让人看？看她以后怎么见人！

陈佐千说，你少插嘴，我看你也该灌点醒酒药。宋妈捂着嘴强忍住笑，走到门廊上去把门，看见好多人在窗外探头探脑的。

宋妈看见大少爷飞浦把手插在裤袋里，慢慢地朝这里走。她正想着到底让不让飞浦进去呢，飞浦却转了个身，又往回走了。

某天夜里，颂莲看见死去的雁儿在外面站着，推她的窗户，一次一次地推。她却一点儿也不怕，她平静地躺着，等着雁儿的报复。然后她看见雁儿抽出一根长簪，朝她胸口刺过来。她肯定地感觉到自己死了，千真万确地死了。

醒来却发现是个梦，一个很真实的梦。梅珊从北厢房出来，穿了件黑貂皮大衣，容光焕发，准备出门走走。离开前，梅珊回头对颂莲嫣然一笑，这是颂莲最后一次看见梅珊迷人的笑脸。

梅珊是下午被两个家丁带回来的。卓云跟在后面，一边走一边嗑瓜子。事情说到结果是最简单了，梅珊和那个医生在一家旅馆被卓云堵在了被窝里。

梅珊被人拖回北厢房，披头散发，怒目圆睁，大骂着拖拽她的人。陈佐千来了，进去，又出来。他的脸色比预想的要平静得多。

颂莲迷迷糊糊地半睡半醒着。凌晨时分，窗外一阵杂乱的脚步声惊动了颂莲。颂莲把窗帘掀开一条缝，看见梅珊无声地挣扎着，被抬着朝死人井那里去。终于，一声闷响后，梅珊就被扔到井里去了。

大概静默了两分钟，颂莲突然发出了一声惊心动魄的狂叫。

第二天早晨，陈府花园里爆出了两条惊人的新闻：三太太梅珊含羞投井，四太太颂莲精神失常。

第二年春天，陈佐千又娶了第五位太太文竹。文竹的命运，我们似乎也可预见了，在这个封建礼教吃人的社会里，在这个妻妾成群钩心斗角的家族里，没有人能独善其身。